KB054460

이거
보통이
아니네

오늘도 탈탈 털린 당신을 위한 충전책

이거 보통이 아니네

김보통 · 강선임 지음

생각정거장

프롤로그

〈윤덕원의 인생라디오〉에 출연하게 된 것은 새로 이전한 EBS가 집 앞에 있기 때문이었다. 걸어서 십 분이면 갈 수 있는 곳이라 오며 가며 운동도 할 겸 가벼운 마음으로 시작했다. 게다가 원체 사람을 만나지 않는 나로서는 강제적으로라도 대화를 나눌 필요가 있었다. 그렇게 〈이거 보통이 아니네〉라는 코너에 6개월가량 참여했다.

좋은 경험이었다. 마음대로 떠들 수 있어 즐거웠고, 그 과정 중에 배우는 것도 많아 유익했다. 무엇보다 내가 몰랐던 영역에 존재했던, 존재하는, 존재할지 모를 고통들에 대해 알 수 있는 기회가 되었다.

역사는 언제나 불편한 사람들에 의해 나아간다. 불을 만들고, 농사를 짓고, 전기를 발전하고, 노예제를 없애고, 참정권을 보장하게 된 것은 모두가 "지금의 이 상태는 보통이 아니다"라고 느껴온 사람들이 싸워온 결과다.

우리를 둘러싼 지금의 현실은 과거엔 보통이었겠지만, 앞으로도 보통이어선 안 된다. 반대로, 지금 당연하게 여겨지는 고통이 앞으로도 당연해서는 안 될 것이다. 이 모든 것이 어느 한 명의 영웅적 행보로 단번에 해결될 거라 생각하지 않는다. 궁극적 해답을 알고 있다 말하는 사람은 아마도 거짓말쟁이일 것이다.

그럼 어찌해야 하는가, 나 역시 잘 모른다. 이 책에 풀어놓은 사람들의 목소리에 귀 기울이는 것이 그 시작은 될 수 있을 것이다. 그간 너무 작아 들리지 않았던 소리가 누군가의 울음인지, 웃음인지, 불평인지, 신음인지부터 알아채야 달래주든, 손을 잡아주든, 대신 따져주든, 위로해주든 할 수 있을 테니까…

김 보 통

웹툰작가 김보통, 김보통이란 이름은 당연히 본명이 아니다. 아닐 것 같은데도 사람들은 "혹시…" 하면서 물어온다. 필명이라는 걸 알고 난 다음에는 '보통'이라고 정한 이유를 묻는다. 뭔가 특별한 의미가 있을 거라는 기대를 담은 눈빛으로.

그렇다. 스스로 의식을 하든 하지 않든 질문에는 기대하는 대답이 정해져 있는 경우가 많다. 그런 질문에 성실히 답을 하다 보면, 자꾸 의미가 더해지곤 한다. 자기소개서를 쓸 때 늘 그런 것처럼. 그렇다면 김보통 작가의 대답은 무엇이었을까?

"그냥 '보통'이라는 발음이 예쁘기도 하고 뜻도 좋은 것 같아서요."

본문 속 김보통 씨는 김보통 작가를 의미하지 않는다. 올해로 8년차지만 매일 아침 9시까지 출근해서 새벽 1~2시가 되어서야 퇴근하는 김보통 씨, 교사 임용시험 최종에서만 계속 떨어지고 있는 워라밸 점수 -100점인 김보통 씨, 사람 참 좋다는 말이 칭찬이 아니라는 걸 알면서도 어느새 꾹 참기만 하는 김보통 씨… 보통의 삶을 추구하지만 보통이 되기도 참 힘든 세상을 평범하게 살아가는 우리 모두가 김보통 씨다. 우리 모든 보통이들이 행복해질 수 있는 세상을 꿈꿔본다.

/ 차 례 /

이런 기대는 사치인가요?

나를 지키는 법

보통이의 미래

잃어버린
워.라.밸.을 찾아서

당신의 삶은 보통인가요?

특별한 사람이 되고 싶었어요.

그런데 언젠가부터

'보통만 되어도 좋겠다'는 생각이 들더라고요.

보통이 되는 게 이렇게 힘든 일이었다니…

새벽 6시, 알람이 울린다. 김보통 씨는 재빨리 알람을 끄고 허겁지겁 잠을 이어 붙인다. 10분 후, 두 번째 알람이 울릴 테니까… 그때까지만… Zzz. 그러나 두 번째 알람이 울려도 눈꺼풀의 무게는 여전하다. 5분만, 아니 1분만 더… Zzz. 그리고 마침내 세 번째 알람이 울린다. 김보통 씨는 온 힘을 다해 눈꺼풀을 들어올린다. 지금 일어나지 않으면 정말 지각이야!

서둘러 준비를 마치고 집을 나서는 길, 김보통 씨의 눈빛에는 비장함이 서려 있다. 고작 몇 분 차이로 출근길의 험난함이 엄청나게 달라지기 때문이다. 만원 버스에 타고 내리는 일, 가장 적은 시간 안에 환승하는 일, 모든 게 다 미션이다. '이게 이렇게 사력을 다할 일인가'라는 생각조차 여유로 느껴지는 한 시간 남짓의 출근길.

그리고 마침내 내 책상, 내 자리에 도착이다. 김보통 씨는 그제야 한숨을 돌린다. 이제 겨우 출근을 했을 뿐인데 왜 이렇게 피곤한 거지? 하지만 메일함엔 당장 처리해야 할 업무가 한 가득이고, 팀장님은 또 회의를 하자고 하신다. 안 되겠다. 커피를 붓자.

오전 업무 시간은 그래도 정신없는 만큼 빨리 지나간다. 소중하고 또 소중한 점심시간을 알차게 쓰기 위해 다시 한 번 마음이 바빠진다. 운이 좋으면 후다닥 밥을 먹고 잠깐이나마 눈을 붙일 수 있다. 하지만 은행 업무를 보거나, 병원에 다녀올 수 있는 시간도 이때뿐이다. 무엇을 포기할 것인가. 서글퍼지는 고민이다.

점심시간이 끝나고 오후 업무를 시작하면서 김보통 씨는 다시 한 번 마음을 다진다. 집중해서 빨리 끝내면 칼퇴를 할 수 있을 거라는 희망을 슬그머니 품어보는 것이다. 하지만 그런 희망은 6시에 가까워지면서 급격하게 옅어진다. 늦은 오후에 당장 처리해야 할 업무가 주어지거나, 야근하는 상사가 눈치를 줘서 포로 신세가 되거나, 갑자기 회식이 잡히거나… 이유는 많고도 많다. 어차피 야근인데 뭘 그렇게 서둘렀을까. 허탈한 마음으로 퇴근하는 늦은 밤. 지하철 안 사람들의 얼굴이 다 나와 같다. 그래, 다들 이렇게 사는 거지… 그런 거겠지?

특별히 불.행.하.다.고 말하긴 어렵다. 매일 출근할 때마다 괴롭지만, 요즘 같은 취업난에 그래도 밥벌이는 하고 있으니 다행으로 여겨지기도 한다. 하지만 요즘 들어 부쩍 '이게 정말 보통의 삶일까' 의심이 드는 건 왜일까? 문득문득 숨이 턱 막히고, 너무 힘들어 도망치고 싶다는 생각이 드는 건? 여기저기서 워라밸, 워라밸 말들은 많이 하는데 과연 내 워라밸 점수는 몇 점인지 곰곰이 생각해보게 되는 김보통 씨다.

평범해 '보이는' 하루, 하지만 그 하루를 '살아내는' 것은 결코 보통 일이 아니다. 만약 정말로 '보통의 삶'이라는 게 있다면, 그리고 딱 그 보통을 원한다면, 노력도 보통만큼만 요구되어야 한다. 그런데 지금 우리가 살아가고 있는 이 사회에서는 보통의 삶을 유지하기 위해 죽을힘을 다해야 한다.

경쟁은 너무 치열한데, 안전장치도 딱히 없다. 계속 달리느라 숨이 턱까지 차올라서 폐가 터져버릴 것 같아도 멈추는 것은 두렵다. 이대로 세상의 속도를 맞추지 못하면 '보통의 삶'에서 영원히 멀어질 거 같은 기분이 들어서.

그런데 이상하다. 그렇게 죽자 살자 '보통의 삶'을 향해 달리는데 내 삶은 평균에서 오히려 더 멀어지는 것만 같다. 왜 그럴까? 어느 정도면 중산층이라고 생각하는지 설문조사를 했더니, 중대형 아파트와 중형차, 그리고 수억 원의 예금 정도는 있어야 중산층이라는 대답이 가장 많았다. 때마다 발표되는 평균임금은 또 어떤가. 전체 노동 인구 중에 소수에 불과한 대기업 종사자의 임금이 주로 반영된 결과로 많은 이들을 '평균 이하'라는 자괴감에 빠뜨린다. 보통이 되는 게 이렇게나 어려운 일이었다니!

일과 삶의 균형을 찾아라?

워라밸, 워크Work와 라이프Life의 밸런스Balance를 줄여서 만든 이 말은 정말이지 순식간에 세상을 점령했다. '일'하기 바빠서 '삶'을 돌보지 못하다니! 그건 너무 촌스러운 일이 됐다.

이제 막 일을 시작한 사회초년생도 워라밸을 찾고, 십여 년 넘게 순응하며 살아온 부장님도 워라밸을 찾는다. 심지어 고용의 주체인 기업들도 워라밸을 외친다(물론 광고에서만). 워라밸을 찾지 못하면 안 될 것만 같은 압박감마저 든다. 그런데 가만히 생각해보자. '아니, 일도 힘든데 삶의 질을 높이라고?'

숨 가쁘게 달려왔어 뒤돌아볼 시간도 없었어
무언가 쫓기듯 한시도 편치 못했어
하지만 더욱 큰 일이 내 앞에 기다리고 있대
더 많은 고난과 실패를 이겨내야 해

지금까지도 참 힘들었는데
이제부터가 시작이라 하네
희망보다 캄캄한 두려움이 앞서네

우리에게는 저마다
뿔을 가지고 살 권리가 있다.
행복이라는 것에 '보통'은 없으니까.

그 어느 때보다 나는 네가 필요해

— '노람'의 노래, 〈쉼표가 필요해〉

우리의 생활을 되돌아보자. 청춘을 바쳐 취직을 하고 나면, 출퇴근을 위해 많은 시간을 길에서 보내고 야근을 밥 먹듯이 하며 남는 시간은 휴식을 취하기에도 빠듯하다. 일만으로도 벅차니 삶은 돌볼 겨를이 없다.

그런 와중에 갑자기 일과 삶의 균형을 맞추라는 새로운 미션이 떨어졌다. 이렇게 난감한 미션이라니. 일을 줄여주면 삶의 질은 자연스럽게 올라간다. 그런데 일을 줄여주기는커녕 자리보존하기도 힘든 상황에서 눈치껏 워라밸도 찾아야 한단다. 괜히 숙제만 하나 더 늘어난 거 같은 건 그저 기분 탓일까.

ID_lifeandlife

저의 워라밸 점수는 -100점입니다.

교사 임용시험을 보고 있는데 최종에서만

계속 떨어지고 있거든요.

철봉에 목만 매달려 있는 기분이에요.

보통 임용고시는 '답 없는 싸움'이라고들 한다. 정말 소수의 자리를 얻기 위해서 무수히 많은 사람들이 경쟁을 해야 한다. 너무 가혹한 경쟁이다.

그런데 이런 경쟁이 갈수록 더 보편화되고 있다. 사회학자 강수돌의 책《어떻게 경쟁은 내면화되는가》에서는 우리 사회를 '팔꿈치 사회'로 설명한다. '팔꿈치 사회'는 1982년 독일에서 '올해의 단어'로 뽑혔던 말로, 쉬지 않고 달리는 것은 물론이고 팔꿈치를 휘두르는 반칙도 서슴지 않아야 할 정도로 가혹한 경쟁에 내모는 사회를 뜻한다. 아이들은 점점 더 어릴 때부터 경쟁에 내몰리고, 짓밟히지 않기 위해서는 내가 먼저 밟고 올라설 수밖에 없다고 배운다. 이기는 것도 지는 것도 괴롭긴 마찬가지. 그런데도 우리는 계속 울면서 달릴 수밖에 없는 것일까?

2018년 평창동계올림픽에서 가장 눈길을 끌었던 종목은 단연 컬링이었다. 우리나라 선수들의 실력과 팀워크에 감탄하며 경기를 지켜보다가 신선하게 느껴지는 장면이 있었다. 앞서거니 뒤서거니 하던 점수가 점점 벌어져 9엔드에서 어느 정도 승패가 결정 난 상황이었다. 지고 있는 쪽이 우리팀이었는데 스킵인 김은정 선수가 팀원들을 모았다. 마지막 전략을 짜려는 것일까? 하지만 스킵의 입에서 나온 말은 뜻밖이었다.

"우리 그만할까?" 선수들은 잠시 상의를 하더니 그대로 패배를 인정하고 경기를 마치기로 결정했다. 당연히 납득이 되면서도, 낯설고 신기하게 느껴지는 풍경이었다.

"이겨야 한다", "지더라도 끝까지 포기하면 안 된다"는 말에 우리 스스로 너무 익숙해져 있는 것은 아닐까. 패배를 대해는 선수들의 모습은 전혀 포기로 느껴지지 않았고, 오히려 당당해 보였다. 최선을 다한다고 해서 항상 좋은 결과가 보장되지는 않는다. 그런데도 계속 더 최선을 다하라고만 요구하는 것은 너무 가혹한 일이다. 그런 요구를 뿌리칠 수 있는 용기가 우리에게 좀 더 필요한 시점이 아닌가 싶다.

ID_달콤한티타임

두 아이 육아 중인데요.
그래도 친정 엄마가 도와주셔서
운동도 다니고 가끔 외출도 해요.
그래서 저의 워라밸 점수는 10점 만점에 7점입니다.

일과 삶의 균형… 한쪽에는 '일'이, 다른 한쪽에는 '삶'이 놓인 저울을 떠올리면 둘 사이의 균형을 맞추는 일이 그리 어렵게 느껴지지 않는다. 저울의 양쪽에서 추를 조금씩만 더하고 덜어내다 보면 나란해지는 지점이 생기지 않을까. 하지만 현실은 그리 간단하지 않다. '일'과 '삶'을 정확하게 둘로 나누는 것에서부터 막힌다.

예를 들어, '육아'는 '일'의 영역에 속할까, '삶'의 영역에 속할까? "당연히 삶"이라고 답하는 사람이 많을 것 같다. 그런데 아이를 먹이고 씻기고 재우는 시간은 온전히 나를 위한 시간인가? 물론 부모가 자기 아이를 돌보는 것을 '일'로 여기는 사람은 없을 것이다. 하지만 실제로 돈을 벌기 위한 노동보다 더 큰 노동력이 필요한 게 바로 육아다. "아이 하나를 길러내려면 온 마을이 필요하다"는 아프리카 속담은 괜히 생긴 게 아닐 거다. 생각해보면 과거에는 아주 자연스럽게 공동육아가 이루어졌다. 대가족을 이루고 살다 보니 조부모님이나 친척들이 아이를 함께 키우고 보살폈다. 동네 사람들이 서로 네 자식, 내 자식 할 것 없이 챙기기도 했다.

그런데 지금, 이웃집 벨을 누르고 "우리 아이 좀 봐 달라"고 한다면? 어쩌다가 한 번은 몰라도, 그 이상은 민폐가 된다. 노후를 보내는 부모님께 부탁을 드리는 것 역시 마찬가지. 유럽의 여러 나라들은 그래서 아이를 키우는 데 드는 비용이나 서비스를 사회적 차원에서 적극 지원하고 있다. 엄마 아빠 두 사람의 힘만으로 아이를 키우는 것은 힘들고, 공동체가 함께 역할을 분담하는 게 당연하다고 생각하기 때문이다. 하지만 우리에게 그런 시스템이나 인식은 아직 먼 이야기다. 오늘도 아이를 돌봐줄 사람이 없는 워킹맘들은 허겁지겁 집으로 달려간다. '일보다 자신의 삶을 우선으로 하는 이기적인 사람'이라는 시선을 감수하면서.

의심하며 나아간다

워크, 일밖에 없는 삶에 지쳐 직장을 그만둔다. 백수가 되면 이번엔 라이프, 삶만 있다. 처음엔 홀가분할지도 모른다. 하지만 곧 '이 상태를 얼마나 유지할 수 있을까' 하는 걱정이 시작된다. 통장에 잔고가 줄어드는 게 실시간으로 보이니 불안감도 더 또렷하다. 결국 다시 비슷한 삶으로 돌아가는 사람도 있지만, 아예 다른 길을 찾아보기도 한다. 자영업을 하거나 자신의 일을 만들어가는 프리랜서가 되는 것.

그러나 그 길에도 장점과 단점이 있다. 자유로운 만큼 불안하다. 책임도 결과도 온전히 자신의 몫이다. 결국 정답은 없다. 그러니 너무 환상을 갖지는 말자. 중요한 것은 무슨 일을 하는지보다 삶의 주도권을 본인이 쥐려는 의지를 놓지 않는 것이 아닐까 싶다. 주도권을 포기하면 무슨 일을 해도 세상의 틀에 맞추게 된다.

평창 동계올림픽을 지켜보다가, 올림픽에 참가한 선수들 중에는 직업을 따로 가지고 있으면서 운동을 병행하는 선수들이 생각보다 많다는 사실을 알게 됐다. 생계 때문에 어쩔 수 없이 일을 해야만 하는 선수들도 있겠지만, 그런 경우 말고도 일은 일대로 운동은 운동대로 즐기면서 올림픽에까지 참가하는 선수들이 상당히 많다고 한다. 올림픽 금메달이라는 목표 하나만 보고 몇 년씩 선수촌 생활을 하는 게 우리에게는 더 익숙하다. 그러나 꼭 그렇게 죽자 살자 운동을 해야만 하는 이유는 없다. 올림픽을 하는 이유도 애당초 그런 게 아니다. 모두가 같은 꿈을 꾸는 것은 이상하지 않은가.

우리는 모두 자기가 품은 삶의 목적을 이루기 위해 각자의 방식으로 노력하는 중이다. 그 자체로 아름답다는 것을 새삼 깨닫는다.

"이유나 과정은 달라도 각자 자기가 품은 삶의 목적을 이루기 위해 노력하는 중일 것이다. 그 모습이 아름다웠다."

이즈미야 간지의 책 《뿔을 가지고 살 권리》에 있는 구절이다. "'보통'이라는 말에는 모두와 같은 게 좋다거나 평범하게 사는 것이 틀림없이 행복할 것이라는 편중된 가치관이 들러붙어 있다. 사람들은 '보통'이 되면 '보통'으로 행복할 수 있다고 믿는다. 그러나 행복이라는 것에 '보통'은 없다. 왜냐하면 '보통'이 아닌 것이 행복의 본질이기 때문이다."

세상이 정한 보통이 되기 위해 쉴 새 없이 달리고 있지는 않은지? 그러나 행복은 보통과는 거리가 멀다고 한다. 무조건 앞만 보고 달릴 게 아니라, 중간 중간 멈춰 서서 확인해보자. 어디로 가고 있는지, 내가 가고 싶은 곳이 맞는지. 아예 트랙을 벗어나도 좋다. 어쩌면 거기서 행복의 지름길을 발견할지도 모른다.

내겐 너무 이상한 회사생활

오랜 마음고생 끝에 드디어 취업에 성공하고
얼마나 기뻤는지 모릅니다. 멋지게 새 양복을 차려입고
신입사원 연수를 받으러 가는데 정말 심장이 터질 것 같았죠.

P 인사과장 안녕하십니까. 인생기업 공채 67기 여러분. 창조와 혁신을 최고의 자랑으로 삼는 우리 ○○기업의 일원이 되신 걸 진심으로 축하합니다.

창조와 혁신! 그래 내가 이 회사에 꼭 오고 싶은 이유였어. 그런 생각을 하며 울컥하기까지 했습니다. 그런데 뭔가 이상하다는 생각이 든 건, 얼마 후 연수원에서였습니다.

인사부 선배 (조교 톤) 오전 공육 시까지 집합하라고 했는데, 몇 사람이 늦었습니다. 구보 두 바퀴 추가합니다. 정신 똑바로 차립니다.

이거 분명히 어디서 본 거 같은데… 라고 중얼거리자마자
바로 떠올랐습니다.
그것은 군! 대!
내가 또 군대에 오다니…
그 슬픈 예감이 틀리지 않았다는 것은 본격적인 회사생활을
시작하고 얼마 지나지 않아 알 수 있었습니다.

K 부장 팀 성과가 이 모양인데, 휴가고 뭐고 다 반납해. 알겠어? 왜 대답들이 시원치 않아? 아, 이 와중에 연차라도 쓰겠다는 거야?

그럴 때 할 수 있는 대답은 "아닙니다"
그리고 "열심히 하겠습니다"뿐이었습니다.

그런데 더 놀라운 건 그 다음이었죠.

K 부장 자, 다시 한 번 가열 차게 해보자는 의미로 오늘 회식할 테니까 한 사람도 빠짐없이 참석하도록. 이상!

부장님께는 '이상'보다 '이상해'가 더 잘 어울린다고,
그리고 저는 오늘 가족 모임이 있다고 외치고 싶었지만
조용히 회식에 참석해야 했습니다.
그리고 이 끔찍한 건배를 외쳐야 했죠.

K 부장 자, 우리 영업 1팀의 내일을 위하여 거국적으로 한 잔 합시다. 창조!

다함께 혁신!

회사는 진짜로 창조와 혁신을 바라는 것일까? 얼마 전 뉴스로 신입사원 연수중에 행군을 하면서 여자 사원에게는 피임약을 나눠주기까지 한 회사의 이야기를 접했다.

문제가 되자 회사는 행군하는 날 생리주기가 겹치면 힘들

것 같아 요청하는 사람에게만 약을 준 것이라 해명했다. 애당초 무리하게 군대식으로 연수 프로그램을 진행한 것에는 별로 문제를 느끼지 못하는 듯했다. 그런데 더 이상한 게 있었다. "아직도 그런 회사가 있다니" 놀라는 게 예상했던 반응이었는데 의외로 "회사 생활이 그렇지. 뭐가 많이 바뀐 줄 알았어?" 하면서 담담히 받아들이는 사람들이 꽤 많았다.

문득 학창 시절, 수련회를 갔던 기억이 떠올랐다. 중학생 때였을 것이다. 수련회가 뭘 의미하는지 잘 모른 채로, 그저 친구들과 함께 집이 아닌 곳에서 며칠을 함께 지낸다는 것에 들떴던 것 같다. 체육복을 꼭 챙겨오라는 공지사항에도 별다른 생각을 못할 만큼 그렇게 들뜬 채 도착한 곳은 어느 산자락에 있는 기숙사형 리조트였다.

무표정한 얼굴로 소리를 지르는 조교의 등장과 함께 곧장 수련이 시작됐다. 사이사이 친구들과의 추억으로 채색돼 있기는 하지만 지금 생각해보면 돈을 내고 기합을 받으러 간 것이었다. 그것도 선생님은 물론 부모님들의 동의하에 받는 기합이라니. 놀러 와서 왜 이러고 있는지 얼떨떨하기도 했지만 단체생활이라는 게 이런 건가 보다 하고 자연스럽게 받아들였던 것 같다. 몇 년 후 군대에 가게 된 이들은 알 수 있었다고 한다. 그게 다 군대 문화였구나. 많은 회사들이 '창조'와 '혁신'을 부르짖는다. 그런데 막상 그 안을 들여다보면 여전히 이런 구시대적인 조직 문화를 가지고 있는 경우가 많다. 그런 토양에서 창조와 혁신이 가능할까? 고개를 갸웃거리게 된다.

지금 '워라밸'이라는 말이 유행하는 것처럼 몇 년 전에는 '스마트 워킹'이라는 말이 유행했다. 스마트 시대에 맞게 스마트 기기를 적극 활용하면서 불필요한 절차를 없애고 본질에만 집중하자는 것이었다. 당장 스마트 기기를 이용한 화상회의와 전자결재가 도입되었다. 그에 따라 사원은 서류 대신 전자결재를 올렸다. 그러자 위에서 당장 호출이 왔다. "네가 뭔데 건방지게 전자결재를 올리냐"는 것이었다. 전자결재를 올리되 사전에 상사를 찾아가 정중하게 보고를 드리고 허락을 받거나, 심지어 전자결재를 올리고 따로 서류 보고도 하라는 지시가 떨어졌다. 일이 오히려 늘어난 것이다.

스마트 워킹의 도입이 불러온 사태는 그것뿐이 아니었다. 컴퓨터마다 회사 독점 메신저가 깔리고 분초까지 기록되는 근태관리가 시작됐으며, SNS를 통해 업무 시간 외에도 상사와 언제나 연결될 수 있게 됐다. 왜 아무리 좋은 것도 회사라는 틀에 넣으면 이상해지는 걸까?

이런 나 비정상인가요?

사회생활을 하다 보면 다들 불만 없이 잘 따르는데 나만 못 견디는 것 같을 때가 있다. 회식자리에서 말도 안 되게 "창조!"를 외치는 부장에게 벌떡 일어나서 "혁신!"을 외치며 화답하는 동료들. 게다가 그렇게 행동하는 이들이 상사가 아니라 동기라면 회사생활이 더 견딜 수 없어진다. 이 상황이 정말 김보통 씨만 불편한 걸까?

아니다. 그들의 속마음도 다 김보통 씨와 같을 수 있다. 심지어 부장님마저도 이게 뭐하는 짓인가 생각하고 있을 수도 있다. 그런데 왜 누구도 이상하다고 말하지 않는 걸까?

내가 그렇듯, 조직 내부에서 그런 생각을 공유하기란 쉽지 않다. '튀면 안 된다'를 학습해온 우리들이 아닌가. 차라리 밖에 나가서 친구들에게 얘기를 할지언정 같은 회사 사람들끼리는 더 터놓고 얘기하지 못한다. 그래서 요즘 유행 중인 것이 익명으로 회사 이야기를 올리는 블라인드앱이다. 우리나라뿐만이 아니라 실리콘 밸리에서도 유행이라니, 어쩌면 세상에 좋은 회사는 없는 것일지도 모른다.

문제는 그런 이상한 조직문화를 참지 못하는 사람들은 회너는 뭔데 휴가를 안 갔니?

사를 나가고, 거기에 적응한 사람만 남는다는 것이다. 나가는 사람들에게는 "너만 그런 게 아닌데 왜 못 참니?", "우리 땐 더 했어" 같은 말들이 날아온다. 물론 모두가 악한 마음으로 하는 말은 아닐 것이다. 워낙에 어린 시절부터 그런 단체생활을 당연하게 겪어온 데다, 시련을 감내하고 이겨내야 훌륭한 사람이라고 학습받아 왔기 때문일 것이다.

조직을 스스로와 동일시하거나 심지어 나보다 더 중요하게 여기기까지 하는 태도는 지금 이 시대에 어울리지 않는다. 한국 경제가 하루가 다르게 급속도로 성장하던 그 시절에는 그만한 보상이 따르는 일이었을지 몰라도, 지금은 경제가 발전하는 속도보다 고령화가 진행되는 속도가 훨씬 빠르다.

우리 시대의 퇴사는 그저 순간적인 객기로 욱하는 마음에 던져 버리는 사표가 아니라, 정년 이후에도 40년을 더 살아야 하는 운명을 지닌 세대의 지극히 현실적인 대안이다. 그 40년을 생각할 때 곧 떠날 회사라는 조직보다 나 자신이 더 중요해진다. 그래서 평생 즐겁게 할 수 있는 직업을 찾으며 제2의 인생을 준비하는 것이다.

회사생활의 미스터리. 내 휴가는 왜 내 것이 아닌가?

"이렇게 위급한 상황에 휴가를 가는 정신 나간 놈은 없겠지?"

직장생활 2년차쯤 됐을 때, 팀장님이 이렇게 말씀하시기에 김보통 씨는 이 부서 분위기는 그런가 보다 하고 휴가를 내지 않았다. 그런데 막상 휴가철이 되니 팀원들이 싹 다 휴가를 가고 혼자 사무실에 나와 있었다. 옆 부서 팀장님이 "너는 뭔데 휴가를 안 갔니?" 하자 팀장님이 휴가 가지 말라고 했다고 그랬더니 "너희 팀장이 주말까지 붙여서 제일 길게 휴가를 갔다"고 말한다.

김보통 씨만 눈치가 없었던 거다. 그런데 이상한 거 아닌가? 팀장이 휴가를 가라마라 하는 것부터 이상하다. 그런 게 하도 일상화되어 있으니까 알아서 걸러 듣고 휴가를 가는 사람들도, 그처럼 못 알아듣고 휴가를 안 가는 사람들도 바보가 되는 셈이다.

이런 어이없는 상사가 아니더라도, 올해는 기필코 해외여행을 가겠다고 일정을 짜고 예약까지 해놓았지만 홀가분하게 가버리는 것이 쉽지는 않다. 다녀와서 급하게 해치워야 할 산

적한 업무를 생각할 때, 김보통 씨는 이 휴가가 무슨 의미가 있는지 궁금할 뿐이다.

회사가 어렵다는데 회식은 왜 이렇게 자주 하는 걸까?

회사가 적자라는데 회식은 계속된다. '회식비만 줄여도 흑자가 되지 않을까?'라는 생각을 해본 적은 없는지? 특히 연말이 되면 남은 운영비를 다 털어내기 위해 더 자주, 더 격렬하게 회식이 이뤄진다. 이유는 있다. 주어진 운영비를 다 쓰지 않으면 다음 해 부서 운영비가 삭감되기 때문이다. 그래서 어떻게든 써야 한다. 사장님이 알면 화나지 않을까? 몰라서 가만히 두는 건가?

어쩌면 알면서도 넘어가는 것인지도 모른다. 관리자가 조직원들을 장악하기 위해서는 회식이 꼭 필요하다고 생각하는 것이다. 실제로 회식은 관리자가 조직원들을 강압하면서 힘을 확인하는 방식으로 이뤄진다. 날짜를 잡고 장소를 정하고 반강제적으로 집합을 시키며 맘대로 자리를 털고 일어날 수 없다. 그래서 피라미드의 아래쪽일수록 회식을 싫어하고 위쪽으로 올라갈수록 회식을 좋아한다. 진정 애사심을 갖게 하려면 회식비를 모아 상여금으로 나눠주면 좋을 텐데… 이런 의견을 전한다면 관리자들은 말할 것이다.

"그럼 고마운 줄 모른다."

관리자들은 정말로 그런 믿음을 갖고 있는 것 같다. 모두들 회식을 좋아한다고, 이런 자리를 마련하는 것이 우리 모두의 탄탄한 조직을 이끌어가기 위한 선의의 행위라고. 특별히 화기애애한 구성원들이 모여 있는 경우가 아니라면 여기서 말하는 회식이라는 것은 서열이 확실한 자리다. 상사의 비위를 맞춰야 하거나 상사의 '나라비' 세우는 데 동참할 수밖에 없는 긴장의 순간이 된다.

김보통 씨는 지난주에 있었던 회식자리가 떠올랐다. 기분 좋게 맛있는 음식과 함께 술 마시면서 그저 회포를 푸는 걸 기대했지만 부장님은 끊임없이 "애사심을 가져야 한다", "우리는 하나다" 같은 말들로 분위기를 망쳤다. 이제 아예 돌아가며 회사에 대한 의견을 이야기하는 발언의 시간을 가져보자고 한다. 자신이 얼마나 회사를 사랑하는지를 자랑하는 듯한, 그 전의 회식과 똑같기까지 한 발언들이 이어지자 쿡쿡 웃음이 터지다가 나중엔 슬며시 짜증까지 난다. 그 자리에선 그래, 이게 조직이구나…

이러려고 회식을 하는 것이다. 이러려고.

어김없이 상사가 좋아하는 인간과 싫어하는 인간의 부류가 눈에 띄게 구분된다. 김 부장이 요즘 못마땅해하는 이 차장 차례가 되자 대놓고 귀를 파고 헛기침을 하는 김 부장이다. 그 앞에 수족처럼 구는 안 대리는 덩달아 귀를 판다. 평소 무던하기만 한 김보통 씨였지만 순간 굳은 표정을 짓고 만다.

'그래, 이게 조직이구나…'

술 몇 잔 마신 알딸딸한 상태에서 감정적이 된 김보통 씨. 애써 코멘트를 마무리 짓고 엉거주춤 자리에 앉는 이 차장의 모습을 보자니 삶의 애환마저 느껴진다. 이러려고 회식을 하는 것이다. 이러려고.

진단명: 열정 과잉

ID_어느8년차직장인

안녕하세요. 올해로 8년차가 된 직장인입니다.

저는 매일 아침 9시까지 출근을 해서

보통 새벽 1~2시가 되어서야 퇴근을 합니다.

새로운 일을 해보고 싶어도 어떤 걸

어떻게 시작해야 할지 모르겠습니다.

이런 상황이라면 제가 일단은 사표를 던지고

나오는 게 맞는 걸까요?

사회학자 오찬호의 책 《하나도 괜찮지 않습니다》에서는 우리 사회의 많은 문제를 '과잉'에서 찾는다. 그중에 하나는 '열정 과잉'이다. 번아웃이 된 상태에서는 어떤 생각도 하기 힘들다. 그만둘 힘이 없어서 계속 일을 하는 경우도 있다. 그렇게 혼자 견디다 결국 죽음을 선택하기도 할 만큼 심각한 문제다. 스스로에게 이런 열정을 강요하고 있지는 않은지?

우리가 알아야 할 것은 모든 일이 개인의 노력만으로는 힘들다는 것이다. 혼자 생각하면 답이 나오지 않는다. 이게 과연 정상인가? 우리는 계속 함께 이야기를 나눠야 한다. 업무에 빠져 다른 일은 차단해버린 바로 그때부터 역설적으로 자신의 존재 이유를 업무에서 찾을 수밖에 없는 악순환이 시작될 뿐이다.

퇴사라는 꿈

직장생활 5년차.

눈이 침침해지고, 어깨가 딱딱해지면서 가끔씩 숨 쉬는 것도 힘들어지는 시간이 있다. 그럴 때 김보통 씨는 조용히 일어나 옥상으로 향한다. 사람들이 잘 오지 않는 구석 자리에 잠시 멍하니 앉아 있기 위해서다. 가만히 귀에 이어폰을 꽂는다.

"난 꿈이 있었죠. 버려지고 찢겨 남루하여도
내 가슴 깊숙이 보물과 같이 간직했던 꿈.

혹 때론 누군가가 뜻 모를 비웃음 내 등 뒤에 흘릴 때도
난 참아야 했죠. 참을 수 있었죠. 그날을 위해."

거위의 꿈. 오래전부터 좋아했던 노래다. 취직 준비로 힘들 때 노래방에서 혼자 이 노래 부르면서 눈물도 흘렸는데… 그 시절이 참 꿈같다.

좋은 대학에 가길 꿈꿨고, 그러고 나선 좋은 회사에 취직하길 꿈꿨다. 신입사원 때까지만 해도 정말 열심히 해서 승진도 빨리하고, 남들보다 더 잘 사는 꿈을 꾸기도 했다. 그게 당연한 줄 알았다. 그런데 그 어느 때보다 지금, 이 노래가 더 비장하게 들린다.

"그래요. 난 꿈이 있어요."

내 가슴 깊숙이 보물과 같이 간직하고 있는 사표를 내는 꿈. 회사를 위해, 부서를 위해 열정을 불사르겠다가 아니라 "나를 위해 여기를 떠납니다"라고 적힌 이 종이 한 장을 부장님 책상 위에 사뿐히 올려놓는 꿈.

난 참아야 했죠. 참을 수 있었죠. 그날을 위해…

퇴사는 어쩌다 꿈이 되었나?

가끔 산에 갔다가 절에 들르게 되면, 절 한쪽에 수북이 쌓인 기왓장에 눈길이 간다. 사찰을 보수하는 데 쓰일 기왓장을 기부하면서 거기에 시주한 사람의 소망을 적는 기와불사. 다른 사람들은 어떤 소망을 품고 사는지 구경하게 된다. 그런데 글씨는 제각각이어도 소망의 내용은 크게 다르지 않다. 대개는 합격, 취직, 건강, 행복 같은 단어들이 들어 있다.

절에서 봤던 그 기왓장들을 다시 떠올리게 된 건 서점에서다. 서점에서 책을 구경하다 보면 자연스럽게 사람들이 최근에 가장 관심을 가지고 있는 것이 무엇인지 알게 되는데 어느 때부턴가 급격하게 눈에 띄는 단어가 있었다.

"퇴.사."

퇴사를 주제로 한 책들이 매대를 가득 채울 정도로 많았다. 대체 얼마나 많은 사람들이 퇴사를 꿈꾸고 있는 것일까. 그동안 절에서 봤던 소망 더미 속에서는 좀처럼 볼 수 없었던 최신 인기 소망의 등장이었다.

예전에도 양복 주머니나 서랍 깊숙한 곳에 사직서를 두는 일은 흔했을 것이다. 하지만 그것은 실제로 사용하려는 것이라기보다는 마음을 다지는 용도였을 것이다. "퇴사할 각오로 열심히 일하자"는 부장의 외침 아래 모든 팀원들이 사직서를 쓰는 의식을 가졌던 일을 낭만으로 추억하며 이야기하기도 한다. 그런 기억을 가진 선배들이 보기에 "'요새 젊은이'들의 퇴사는 너무 성급하고 나약하다. 취업이 그렇게 힘들다는데, 감사한 줄 모르고", "어떻게든 버텨야지. 그게 다 부족함 없이 자라서 그래"라는 생각이 들 뿐이다.

그 어느 때보다 좁다는 취업의 문. 수백 장의 자기소개서를 쓰고 수십 번 눈물을 흘렸다는 정도로는 이제 어디다 명함을 내밀지 못한다. 그런데 같은 시간, 다른 한편에서는 언제든 메일에 첨부할 수 있도록 클라우드에 사직서를 올려두고 있는 이들이 있다. 대체 그 좁은 문 너머에는 어떤 세상이 기다리고 있기에, 한때는 간절히 취직을 바랐던 이들의 다음 꿈이 퇴사가 되었을까?

ID_이길이아닌가벼

제가 다녔던 회사는 콘텐츠 만드는 곳이었는데
창의력이 중요한 분야라 자유로울 것이라는 예상과는 다르게
뜻밖에도 회사 문화는 위계질서가 아주 강했어요.

분위기에 짓눌려서 뭔가를 만들어내기가 힘들 정도였죠.

견디기가 힘들어서 퇴사했습니다.

입사와 퇴사의 이유는 뜻밖에도 크게 다르지 않다. '꿈을 찾아서'다. 취직을 준비하는 그 길고 힘든 시간을 견딜 수 있었던 것은 바라던 회사에 들어가기만 하면 꿈을 이룰 수 있을 거라는 믿음 때문이다. 그런데 막상 회사에 들어가 보니, 생각했던 것과 다른 게 한두 가지가 아니다. 자기소개서에서는 분명 창의적인 인재를 요구했는데, 회의나 잡무가 너무 많아 정작 주 업무에 집중하기 힘들다. 위계질서는 또 어찌나 엄격한지 말 꺼내기가 어렵다. 사연처럼 창조적인 일을 하는 분야도 크게 다르지 않다.

방송국에 다니는 한 신입사원은 회의시간 풍경을 이렇게 묘사했다. 부장님은 늘 뭔가 새로운 아이디어가 없냐는 말로 회의를 시작한다. 신입사원은 조심스럽게 생각해둔 아이디어를 이야기한다. 그러자 "재밌는데 현실적이지 않다", "대중적이지 않고 너무 치우쳐 있다"며 딱 자른다. 최신 트렌드를 이야기하자 "그건 뭐냐?"고 묻는다. "내가 감각이 있는 사람인데 내가 모르면 별로인 거다"라고 자신 있게 말한다. 그러고는

마침내 완성되는

커다란 물음표

과연 나는 이곳에서 성장할 수 있을까?

십여 년 전에 유행했던 것을 이야기한다. 이런 상황에는 물론 '클래식'이라든지, '한류 열풍' 같은 단어가 언급된다.

부장님의 열변에 선배들도 하나둘 옛 기억을 소환한다. 서로 좋은 아이디어라며 추켜세운다. 신입사원은 모르는 이야기들이다. 도저히 좁힐 수 없는 거리를 느낀 신입사원의 머릿속에는 물음표가 생긴다. '이 조직에서 새로운 아이디어란 도대체 무엇일까?' 물음표는 자꾸 늘어난다. '진짜로 새로운 아이디어를 바라기는 하는 것일까?', '통과된다고 해서 실행에 옮겨질 수는 있을까?' 그리고 마침내 커다란 물음표가 완성된다. '과연 나는 이곳에서 성장할 수 있을까?'

그 질문에 대한 힌트는 주변에서 쉽게 구할 수 있다. 지금 내 눈앞에 있는 선배들의 모습에서 나의 미래를 볼 수 있기 때문이다. 다른 미래를 상상해보고 싶은데 피할 수 없어서 더 괴로울 수도 있다. 덕분에 중요한 사실을 빨리 깨달을 수 있어서 다행이라고 여기는 사람도 있다. "회사는 결코 내 꿈을 이루게 해주는 곳이 아니다. 오히려 꿈을 잃어버리게 할 수도 있다"는 사실 말이다.

ID_오늘은집에가자

이 업무 저 업무 한꺼번에 처리하다 보면 자연스럽게 퇴사 생각을 하게 됩니다. 업무 분담을 하긴 하는데 도저히 시간 내에 처리할 수 없는 양이다 보니 눈치 보여서 야근을 하는 게 아니라 정말로 일을 끝내지 못해서 집에 갈 수가 없는 날들의 반복이네요. 이렇게 계속 살아가야 한다고 생각하면 숨이 막혀요.

회사에서 요구하는 '열정'이라는 것은 무엇인지 생각해본다. 세 명이 할 일을 두 명이 해내는 것, 그렇게 혹사당하고서도 스스로 능력을 입증해보였다며 뿌듯해하는 것은 아닐까?

오후 6시 반. 자리를 정리하고 일어난 김보통 씨가 퇴근을 알린다. "먼저 들어가보겠습니다." 순간 모두의 눈이 김보통 씨에게 쏠린다. 아직 아무도 퇴근하지 않았다. 부장님이 손짓한다. 오늘까지 해야 할 업무는 다 처리했고, 퇴근 시각도 지났다. 그런데도 왠지 주눅이 든다.

"김보통, 자기 할 일 다 했다고 그냥 퇴근하는 거야? 내 일 다 했으면 선배들 일 돕는 게 팀워크 아닌가?"

이런 상황에서 동호회 모임이 있어서 꼭 가야 한다고 말하긴 어렵다. 업무시간에 할 일을 다 하고, 퇴근해도 되는 시간이고, 한 달 전부터 잡혀 있던 중요한 약속이건만 "죄송합니다. 집에 좀 일이 있어서요"라고 거짓말을 하고 겨우 사무실을 나선다.

개인적인 일 때문에 일찍(?) 퇴근하겠다고 말하는 것은 왜 그렇게 어려울까? 일이 우선이라는 회사의 방침을 강요받고 있거나, 나도 모르게 받아들이고 있기 때문이다. 그런데 사실 회사 일보다 개인의 삶을 더 중요하게 여기는 것은 하나도 이상하지 않다. 일은 자아실현의 중요한 수단이면서, 실질적으로 삶을 유지하는 데 필요한 돈을 벌 수 있게 해준다. 그런데 막상 직장생활을 하다 보면, 돈을 벌게 해주는 대가로 개인의 삶과 행복을 내놓길 요구받는다. 거기에 익숙해지면 자기보다 아래에 있는 사람에게 강요하기에 이른다. 개인 사정으로 회식에 빠지는 것조차 참을 수 없다.

하지만 인간이 살아가는 동력 중에 하나는 '스스로 삶을 지키고 있다는 것'이다. 그래야 자존감이 확립되기 때문이다. 그런 것 없이 일만 하다 보면 '왜 사는 거지?'라는 생각이 들 수밖에 없다. 미처 생각할 겨를 없이 하루하루를 돈이랑 바꾸는 경주마가 된 기분으로 살다가 어느 날 한꺼번에 찾아온 허탈감에 쓰러져 버리기도 한다.

그런 의미에서 '정말 이렇게 회사를 다니는 게 맞나'라고 회의하는 것은 그 자체로 굉장히 긍정적인 반응이 아닐까 싶다. 물론 자기 삶을 고민하고 의심하는 것은 괴롭다. 부적응자로 살아가는 것보다는 차라리 그냥 믿어버리고 순응하는 것이 그 순간에는 훨씬 편하다. 그런데 오래 지켜보면 재밌는 현상이 나타나기도 한다. 늘 의심하고 고민하던 사람들이 오히려 오래 남고, "열심히 하겠습니다!"를 외치던 사람이 갑자기 확 사라져버리는 현상이다.

실제로 한 예능 프로그램에 출연했던 탑모델이 전한 일화가 있다. 데뷔 초, 엄격한 위계질서가 너무 힘들기도 하고 직업에 회의가 느껴지기도 해서 늘 "우리 딱 1년만 하고 멋지게 그만두자" 했던 동료들이 있었다고 한다. 그런데 시간이 한참 지나고 보니 그런 이야기를 나눴던 세 명이 가장 오래 모델 생활을 하고 있다는 거였다. 의심하고 고민하는 것은 부적응의 증거가 아니라 오히려 더 단단히 뿌리를 내리는 과정일지도 모른다.

도망치지마 vs. 도망쳐

퇴사는 쉽게 결정할 수 있는 문제가 아니다. 그래서도 안 된다. 최근 다양한 매체를 통해 퇴사를 하고 자신의 삶을 찾은 멋진 성공담들이 많이 소개되고 있다. 그것들을 보고 있으면 퇴사에 조금은 멋스러운 포장지가 덧씌워지고 있는 게 아닐까 걱정스럽기도 하다. 하지만 실제로 그 주인공 중 하나인 김보통 씨는 자신을 롤모델로 삼는 것에 손을 내젓는다. 퇴사 후에 마주하게 될 현실은 각자 다 다르기 때문에 매뉴얼이라는 게 있을 수 없다는 것이다.

김보통 씨의 경우 퇴사는 결코 꿈이 아니었다. 오히려 최후의 상황에서 어쩔 수 없이 누른 탈출 버튼에 가까웠다. 회사생활 때문에 정신과 치료를 받아야 할 정도로 상태가 심각해졌고 죽을지도 모르겠다는 생각이 들었다. 비행기는 가파르게 추락 중이었고, 낙하산이 작동할지 안 할지, 어디로 떨어지게 될 것인지 걱정할 여유 따위는 없었다. 살기 위해 일단은 도망치는 게 우선이었다는 것이다.

도망친 게 뭐 자랑이라고 이야기하느냐는 사람이 있을지 모르겠다. 하지만 바로 그게 문제다. 계속해서 더 이야기를 되는 대로 산다.
듣기만 해도 참 가벼워지는 말이다.
실제로 맨몸으로 우주에 나간 이들은 말한다.

"어떻게든 살아지더라.
신기하게도 아직까지는."

해야 하는 이유이기도 하다. 우리 사회는 오랫동안 도망치는 것을 나약하게 여겨왔다. 어떤 일이 있어도 참고 견디는 사람을 훌륭하게 여기고, 그렇지 못하면 '패배자' 혹은 '낙오자'라고 낙인찍었다.

물론 도망쳐서 성공한 사람들에겐 훌륭하다는 칭찬이 쏟아진다. 하지만 그 소수를 제외하고 그럴싸한 변화 없이 살면 완전 실격이다. 소소한 행복을 느끼는 것으로 스스로 충분히 만족할 수 있지만, 사회적인 평가는 그렇지 못하다. 신경 쓰지 않으면 되는데 그게 쉬운 일은 아니다.

'다른 일을 하고 싶어'라는 생각이 들 때 바로 행동할 수 있고 이동이 쉬워야 좋은 사회다. 도망치고 실패하고 낙오하는 사람까지도 챙길 수 있는 사회가 좋은 사회다. 그런 사람한테도 기회가 주어지는 사회를 지향해야 한다. 못 견디고 나가는 사람에게 약하다, 사회생활을 못한다, 그렇게 물러서 되겠냐고 비난하는 것은 점점 살기 힘든 사회를 만들 뿐이다.

대기업 다닐 때 기억
재미없고 내 뒤 옆엔 참견쟁이요
매일이 경쟁이요
아따, 이게 인생이여 전쟁이여

뭐든지 왜 또 눈치를 보는지
남 꼬투리에 곁눈질
어둡지, 좁은 시야로 보는 길
돈을 위한 저울질보다
너와 어울릴 수 있는 걸 부디 찾길 바라, 젊으니
우린 정글 위 모글리, 천둥벌거숭이
터무니없는 짓도 조금씩
그래도 늦지 않아

— fana의 노래, 〈사표〉

무소속으로 산다는 것

퇴사를 하고 다른 일을 하는 사람에게 궁금한 것은, 그만두기 전에 '뭔가 대안을 찾아 두었는지'일 것이다. 그만두고는 싶은데 딱히 하고 싶거나 잘 하는 게 없어서 실행에 옮기지 못하기도 한다. 걱정하는 것은 당연한데 주위에서도 겁을 준다. 밖에 나가면 다를 것 같아? 현실이 그렇게 호락호락한 게 아니야. 게다가 요즘은 퇴사하고 방송에 나오거나 책을 낸 사람들이 많다 보니, "퇴사하고 책 쓰는 거야?", "음악하는 거니?" 같은 질문을 받을 수도 있다.

"그런 이야기에 겁먹지 말고 일단 해봐!" 이런 이야기를 하려는 것이 아니다. 퇴사는 절대로 누구의 부추김 때문에 결정해서는 안 되는 문제다. 그렇지만 이야기를 많이 나눠보는 것은 좋다. 특히 실제로 퇴사를 해보니 어떤지 진짜로 실행에 옮긴 사람의 이야기도 들어봐야 한다. 회사에 남아 있으면 "나가서 잘 안 됐대" 같은 얘기만 주로 들을 가능성이 높기 때문이다.

김보통 씨는 만화가가 되기 위해 회사를 그만둔 게 아니었다. 탈출하기 전, 낙하산을 매고 희미하게 했던 생각은 '음악을 하고 싶다'였다고. 하지만 늘 그렇듯 인생은 뜻대로 되는 게 별로 없다. 그리하여 결과적으로는 만화를 그리게 됐다. 친척들 중에는 그가 아직도 회사 다니는 줄 안다. 굳이 상처받거나 피로를 느끼고 싶지 않아서 진실이 밝혀지는 것을 적극적으로 차단하는 김보통 씨다.

그런데 만화가가 되고 나서도 프로필을 낼 때 자꾸 출신학교, 회사, 하다못해 출신 지역이라도 포함되길 원한다는 것이다. 그 사람을 이해하는 가장 일차적인 정보가 그런 것들일 수 있지만 한편으로는 우리가 얼마나 소속에 집착하는지 알 수 있다. 어쩌면 우리는 뭔가에 소속되지 않으면 살 수 없다고 너무 오래 학습받아 온 것이 아닐까.

그렇다면 이제 무소속의 삶에 대해 이야기해볼까? 미래를 정해두고 퇴사를 했든, 그렇지 않든 며칠은 별게 다 행복하다. 일어나고 싶을 때까지 이불 속에서 뒹굴거리는 것부터 항상 회의하느라 정신없던 시간에 아무 일 없이 햇살 받으며 커피 한 잔 하는 것까지 다 감격스럽다.

지금 그렇다고? 일단은 축하한다. 하지만 걱정된다. 평화로운 하루가 금방 끝날 것이기 때문이다. 홀가분함이 불안함으로 바뀌는 데에는 그리 오랜 시간이 걸리지 않는다. 통장의 잔고는 버틸 수 있는 기간이 얼마나 남았는지 실시간으로 아주 또렷하게 알려준다. 부모님은 걱정스러운 눈초리를 숨기지 못하신다. 자유의 무게를 실감한다.

그러나 시선을 조금 달리 하면 불안을 안고 살아가는 훈련을 하는 시간으로 삼을 수도 있다. 무소속의 삶은 맨몸으로 우주에 가는 일처럼 아득하게 느껴지지만 회사를 벗어난 세상이 정말 중력이나 산소가 없는 것은 아니다. 처음엔 좀 허우적거릴 수 있지만 천천히 자신의 움직임을 찾아가면 된다.

ID_우주인

공무원을 그만두고 되는 대로 살고 있습니다.

아직 살아 있습니다, 하하.

되는 대로 산다. 듣기만 해도 참 가벼워지는 말이다. 실제로 맨몸으로 우주에 나간 이들은 말한다. "어떻게든 살아지더라. 신기하게도 아직까지는."

울타리 밖의 삶을 너무 만만하게 봐서도 안 되지만 그렇다고 너무 겁먹을 필요도 없다. 무엇보다 내 삶을 지키지 못해서 슬픈 마음이 든다면 한번 벗어나 보는 게 좋지 않을까. 물살을 거꾸로 거슬러 오르는 연어들에게만 박수를 쳐주지 말고 물풀같이 사는 사람들도 박수 받는 세상이 되면 좋겠다.

넵병

토요일 오전 10시, 아직 이불 속이다.
배가 고파서 도저히 참을 수 없을 때까지 누워 있는 이 시간
어쩌면 일주일 중 가장 행복한 시간이 아닌가 싶다.

그런데 이불 속 어딘가에서 들려오는 소리.
"카톡!" '아니야… 아닐 거야' 못 들은 척 견뎌보지만
뒤이어 들려오는 "카톡!", "카톡!"의 향연.

아… 느낌이 쎄하다. 카톡 수신음의 횟수와 간격으로도
짐작할 수 있었다.
'회사 부서 단체창이구나.'

주말에 카톡이라니, 이건 아니잖아.
그래, 이건 상식적이지 않고 그러니까 나도 무시할 권리가 있어.

세차게 고개를 끄덕이면서 다시 눈을 감고
이불 속 행복한 시간으로 돌아가 본다.
그런데 잘 되지 않는다. 자꾸 신경이 쓰인다.
안 돼. 보지 마. 지금 바로 답을 해야 하는 건 아니잖아.

그 순간 선명하게 떠오르는 부장님 얼굴
반사적으로 스마트폰에 손이 가고 만다.

"진행 중인 프로젝트 경과 보고서. 월요일까지 제출하도록.
월요일 오후, 이사실에 올라가서 보고드릴 예정임."

갑자기 이건 무슨 날벼락인지 생각보다 심각하다.
부장님, 지금은 토요일이라고요.
이사님, 꼭 월요일에 보고를 받아야만 하나요?

얼굴이 일그러지고 손이 떨린다.
하지만 부장님의 메시지 아래 가지런히 올라와 있는
선배들의 대답.
넵. 넵. 넵. 넵.

“아니오”라고 외치면서 답장을 쓴다.
넵.

카톡 강박증, ‘넵’에 중독된 우리

일이든 사적인 모임이든 어떤 조직이 생기면 제일 먼저 하는 일이 단체채팅방을 만드는 것이 되었다. 시작은 나쁘지 않았다. 얼굴을 마주하고 이야기하는 것만으로도 부담스러운 상사들과 업무내용을 주고받을 수 있게 됐고, 문자로 남기니 불필요한 이야기를 듣지 않아도 됐다. 물론 아랫사람이 이렇게 문자로 이야기를 하는 것을 참을 수 없는 분들도 계시기 때문에 조심해야 하지만.

그런데 모두가 언제든 연결될 수 있다는 것이 치명적인 단점으로 기능하기 시작했다. 대면을 하거나 전화를 하는 것이 아니기 때문에 주말이든 한밤중이든 업무 연락을 해도 된다고 생각하는 사람이 생겼다. 사무실에서는 불편한 공기가 감지되면 슬쩍 자리를 피할 수 있었지만 단체채팅방에서는 도망칠 수 없었다. 숫자가 줄어드는 것으로 메시지를 확인했는지 여부를 알 수 있었고, 어떤 답을 얼마나 빨리 하는지도 모두 기록된다. 상사의 시시콜콜한 농담에까지도 어떤 식으로든 반응을 해야 한다.

"넵"은 아마도 대답의 고통에서 찾아낸 단어였을 것이다. "네"는 너무 건조하다. 자칫 성의 없음으로 반항하는 것처럼 느껴질 수 있다. "넹"은 부드럽지만 장난스럽다. 분위기가 안 좋을 때는 불똥 튀기 딱 좋다. "넵", 그래 "넵"은 너무 형식적으로 대답하는 것처럼 보이지 않으면서 공손한 느낌이다. 때에 따라서는 "네~"와 "네!"를 섞어서 쓰면 딱 좋다.

같은 처지의 동료들끼리 "맞아 맞아"를 외치다가 생각한다. '그런데 이게 이렇게 고민해야 할 문제야?' 물론 의사소통을 잘 하는 것도 사회생활의 중요한 부분이다. 하지만 안 그래도 업무량이 많은데 이런 데까지 에너지를 써야 하는 것일까?

ID_넵병치료중

퇴근 후에 카톡금지 상식 아닌가요? 넵?

카톡의 폐해로 느껴지지만 사실 이런 행태는 그 전에도 쭉 있어 왔다. 수단이 달라졌을 뿐이다. 사내메신저라는 게 생겼을 무렵 회사생활을 시작했던 한 사람은 상사에게 "내가 보낸 메시지를 언제든 바로 확인하라"는 지시를 받았다. 사내메신저는 사내에서만 확인하고 답을 할 수 있었다. 그 말은 곧 계속 사무실에서 대기하면서 확인하라는 것이었다. 그렇다고 사무실에 숙식을 하라는 건 아니었을 것이다.

하지만 언제 메시지가 올지 모르기 때문에 항상 긴장하고 최대한 오래 사무실에 머물러야 했다. 크리스마스이브에 야전침대를 펴고 누워 자신은 오늘 사무실에서 자겠다고 말하고 눈을 감았다는 상사의 이야기도 전해진다. 그날 모든 팀원이 사무실에서 크리스마스이브를 보내야 했다고. 관리자가 부하직원들을 장악하고 통제하는 방식은 이렇게 다양한 방법으로 변주되고 발전되어 왔다.

상사들은 도대체 왜 그런 것일까? 그런데 막상 들어보면 상사들도 피로를 호소한다. 수시로 업무 연락을 받는 너만 힘

퇴근 후에 카톡금지 상식 아닌가요?

넵?

든 게 아니라, 그렇게 연락을 해야 하는 나도 힘들다는 것이다. 상사 역시 자신의 상사에게 그렇게 통제받지만 그것이 회사가 돌아가는 방식이라고 받아들인다. 지금껏 그렇게 유지되어 왔기 때문이다.

'NO'라고 말하지 못하는 직장인 불치병

20여 년 전 강렬했던 광고 하나가 TV로 방영됐다. 단정한 양복을 입고 질서 있게 줄을 선 채 뒤돌아서서 "예!"라고 외치는 사람들. 그 한가운데서 한 남자만이 정면을 바라보고 외쳤다. "아니오!" 모두가 "예"라고 말할 때 "아니오"라고 말할 수 있는 사람을 내세우는 광고는 그 당시 초등학생의 눈에도 인상적이었는지 오래오래 기억에 남았다. '예스맨'의 역사는 대체 언제부터 시작된 것일까? 요즘 것들은 너무 자유분방하고 버릇이 없다는 말이 수천 년 동안 지속되어 왔다는데, 아랫사람이 윗사람에게 "NO"를 외치는 것은 여전히 어렵다.

ID_협상은언제쯤

연봉계약을 갱신하면서 갑이 유리한 조항에 아무런 협상 없이 사인을 요구할 때, "아니오"라고 하고 싶지만 굵은펜으로 꾹꾹 눌러 사인을 하고 말았습니다. 마음속으로는 '이건 아니잖아!'를 외치면서요. 먹고 살아야죠.

'연봉 협상' 직장인에게 참 설레는 이름이다. 아니, 직장인이 되기 전까지는 그런 줄 알았다. 하지만 말이 연봉 '계약'이고 '협상'이지 실제로는 '통보'인 경우가 많다. 계약이나 협상이라는 건 서로 의견을 가지고 조율하는 과정을 거치는데 그런 건 당연하게 건너뛰고 바로 서명을 요구받는다.

아마 회사에 들어가서 첫 연봉 협상을 하던 날 이런 경험을 했을 것이다. 부장님 방으로 한 명씩 불려들어 간 선배들은 생각보다 금방 나온다. 표정도 별로 좋지 않다. 내 차례가 되어 부장님 방에 들어가 보니 책상에 연봉계약서가 놓여 있다. 중요한 빈칸이 다 채워져 있는 연봉계약서. 무슨 상황인지 눈이 동그래진 신입사원에게 부장님은 "이건 네가 어떻게 관여할 사안도 아니고, 내가 어떻게 해줄 수 있는 것도 아니다. 그러니까 그냥 서명하고 나가면 된다"라고 말한다.

회사가 돌아가는 방식이 이렇다는 것을 다시 한 번 깨닫는 순간이다. 입사하기 전에 생각했던 것과는 분명히 다르다. 이상하다. 하지만 나보다 오래 회사생활을 한 선배들이 말없이 따르는 걸 보니, 나만 이상하다고 말하긴 어렵다.

ID_미어캣

회식하는 날, 메뉴를 마음대로 정하는 건 있을 수 없는 일.
항상 높으신 분들의 입맛을 알아서 잘 파악하고 준비해야죠.
그런데 그 분들, "오늘 뭐 먹을거냐?"라고는 왜 묻는 걸까요?

회식은 함께 일하는 사람들끼리 마음을 나누면서 단합력을 다지는 자리다. 업무로 쌓인 스트레스와 긴장을 풀고 고충도 나눈다. 회식의 이상적인 의미는 이렇다. 하지만 회식은 결정과 통보, 준비와 실행의 모든 과정에서 철저히 권력을 휘두르는 방식으로 이뤄진다.

연락을 돌리고, 장소와 메뉴를 정하는 등의 준비는 보통 팀의 막내에게 맡겨진다. 인원과 거리, 무엇보다 최고 권력자의 취향과 입맛에 꼭 맞는 장소와 메뉴 선정이 지상 과제가 된다. 어떤 것도 확신이 서지 않는다. 고심 끝에 "어떤 메뉴가

그럼 이건 아니잖아.

좋을까요?" 조심스럽게 여쭤보기도 한다. 하지만 최고 권력자는 사람 좋은 표정으로 답한다. "뭐가 좋을까? 먹고 싶은 걸로 알아서 잘 골라봐." 이 말을 곧이곧대로 해석한 막내 사원은 요즘 핫하다는 피자와 파스타집을 예약해서 전설이 된다.

팀장님이 말씀하신 "뭐가 좋을까? 먹고 싶은 걸로 알아서 잘 골라봐"의 일반적인 해석은 이렇다. "나는 먹고 싶은 게 있지만 너희가 더 맛있고 저렴하고 괜찮은 게 있으면 가져와 봐. 그렇지만 내 맘에 들어야 해. 정하라고는 했지만 진짜 너네 맘대로 정하라는 건 아니야." 내 맘대로 할 수 있는 것은 하나도 없는 회식. 스트레스나 긴장감이 해소될 리 없다.

어디 회식뿐일까? 회의, 출장, 워크숍… 회사 생활의 모든 부분에서 그런 일이 되풀이된다. 자유롭게 의견을 내보라고, 무엇이든 받아들일 수 있다고 하지만, 정말로 그렇게 했다가 '당돌한 요즘 것'으로 찍힐 수 있다. 격의 없이 지내는 게 좋다고 했던 선배와 출장을 갔다온 후로, "요즘 애들은 자동차에서 상석이 어딘지도 모른다"는 말을 반년 동안 들을 수도 있다. 워크숍에서 장기자랑을 하라는 걸 거절하는 게 '개인주의라 단체 생활을 싫어하는 것'이 될 수도 있다. 오늘도 어디선가 피 말리는 시간을 보내고 있을 막내들의 목소리가 들린다.

당신이 분노하는 것은 무엇?

본인이 싫었던 것은 절대 하지 않는 사람이 있다. 반면, 그 위치에 가보니 '아, 이래서 필요했구나'라고 느끼고 싫어했던 그 일을 자신이 이어서 하는 사람이 있다. 전자는 불합리한 구조에 분노했던 사람이고, 후자는 불합리한 구조가 아니라 자신이 당하는 입장이라는 것에 분노했던 사람이다. 그런 사람들은 위치가 바뀌어 자신이 갑이 되면, 권력으로 누릴 수 있는 것들을 누린다. 군대에서 많이 볼 수 있는 인간 유형이다. 회사는 물론 사회 전체가 이런 군대 문화와 닮아 있는 것처럼 보이는 것은 착각일까?

지금 무엇에 분노하고 있는가? 같은 일을 당하고 함께 분노하고 있어도 그 분노의 방향이 어디로 향하는지에 따라 큰 차이가 생긴다. 불합리한 일에 치를 떨었던 사람이 나중에 더 한 사람이 되는 경우도 흔하다. 당장에는 그 사람이 미워서 없어지면 좋겠다 싶어도, 누구든 그 자리를 채워 권력을 휘두를 수 있다. 그러니 그렇게 불합리한 일들이 일어나는 구조를 살피고 그것을 바로잡는 데에 관심을 가져야 한다.

구르기 운동본부

"요즘 뭐하기에 모임도 안 나오고, 연락도 잘 안 되는 거야?"

김보통 씨는 요즘 이런 불평을 자주 듣는다. 뭐라고 대답을 해야 할까? 잠시 또 머뭇거리게 된다. 하지만 마음을 다잡고 침착하게 대꾸한다.

"그냥 좀 바빴어."

대개는 이쯤에서 대수롭지 않게 넘어가거나(원래 별로 관심이 없었기 때문에) 눈을 좀 흘기고는 다른 이야기가 시작된다. (서운

함에 대한 표현은 마쳤기 때문에) 하지만 몇몇은 집요하게 묻는다.

"아닌데… 너 분명히 뭔가 있어. 그렇지? 야, 좋은 거 있으면 같이 좀 하자."

처음엔 이런 집요한 질문을 진심 어린 관심이라고 생각했다. 그래서 요즘 하고 있는 고민이나 생각을 진지하게 털어놓았다. 하지만 그때마다 돌아오는 반응은 같았다.

"아직도 그런 말도 안 되는 생각을 하냐. 너 언제 정신 차릴래?"

"좋은 생각인데 현실적으로 어렵지. 그리고 우리 나이가 지금 그럴 때가 아니야."

오랫동안 고민해온 일이 별 시답지 않은 허무맹랑한 공상이 되는 것은 순식간이었다. 철부지나 한가한 사람으로 여겨지기를 수십 번, 김보통 씨는 어느 순간부터 생각하는 것들을 굳이 말하지 않기 시작했다.

"야, 이거 봤어? '구르기 운동본부'라는 게 다 있네. 아니 대체 누가 이런 걸 하는 걸까?"

인터넷 게시판에서 화제가 된 사진을 보며 낄낄거리는 친구를 보니 역시 솔직해지지 않은 건 잘한 일이었다. 똑같이 살지 않으면 바보가 되는 건 순식간인 세상. 그런데 이상하다. 한참 낄낄거리던 친구가 이런 이야기를 하니 말이다.

"진짜 뭐 재밌는 일 없나?"

"정말? 너도 재미를 원해?"

"당연하지. 재미도 있고 돈도 많이 벌 수 있는 그런 일. 뭐 없을까?"

다들 이렇게 사는 거지…?

사회생활을 할수록 더 애틋해지는 거의 유일한 인간관계가 있다면, 그것은 바로 아무것도 아니었던 시절을 함께 했던 친구들일 것이다. 밤늦도록 눈을 반짝이면서 꿈을 이야기하고, 불합격 통보를 받을 때마다 함께 괴로워하던 친구들은 조금 더 빠르거나 늦었다는 차이가 있을 뿐 모두들 그렇게 사회인이 됐다.

덕분에 약속을 잡기는 더 힘들어졌지만, 확실히 예전보다는 여유가 생긴 느낌이다. 모임 장소부터가 더 좋아졌고, 메뉴를 고르는 데도 예전엔 양이 최우선이었다면 이제는 질을 좀 따지게 됐다고나 할까. 그런 변화가 새삼 실감이 났는지 그 친구의 입에서 이런 말이 나왔다.

"사원증이 아니라 목줄이었어."

누군가 말했다. "이야, 우리 정말 출세했다. 사람 수대로 고기를 다 시키고 말이야." 그런데 한바탕 흥분이 지나가고 나서 본격적인 이야기로 접어들자 하나둘 한숨을 푹푹 쉬기 시작했다.

친구 A는 취준생 시절 대기업만 파던 녀석이다. 점심시간, 깔끔한 양복에 사원증을 걸고 돌아다니는 회사원들의 모습이 너무나 멋져 보였다고 했다. 실제로 A는 대기업에 입사했고 자기 얼굴이 새겨진 사원증을 받아들고는 눈물까지 글썽였다. 퇴근할 때도 깜빡 잊은 척 사원증을 걸고 다녔다고 해서 적당히 하라고 구박하기도 했었는데, 그 친구의 입에서 이런 말이 나왔다. "사원증이 아니라 목줄이었어."

A의 하루는 이렇다. 눈 뜨면 출근하고, 출근하자마자 회의가 시작된다. 되는 것보다 안 되는 게 더 많은데도 회의는 끊임없이 계속되고, 정작 내 업무를 좀 하려면 야근은 필수다. 취준생 시절 꿈꿨던 퇴근 후 취미생활은 말 그대로 꿈. 대신 잠이라도 충분히 잤으면 좋겠다. 그렇게 하루하루 피로와 스트레스가 쌓이다 보면 이게 사는 건가, 이래선 안 되는 거 아닌가 싶은 한계점이 오는데 그때 기가 막히게 돌아오는 게 있었으니 월급날이다.

통장에 찍힌 숫자 몇 개에 곧 터져버릴 것 같았던 마음이 왜 그렇게 금세 차분해지는지. 스스로 참 얄팍하다 싶지만 선배들을 보니 그렇게 한 달이 1년 되고, 10년, 20년이 된다는 게 실감난다고 했다. 모두들 짠한 눈으로 그 친구를 바라봤다.

공감과 위로의 말이 쏟아지는 와중에 누군가가 이런 말을 꺼냈다. "그럼, 지금이라도 다른 일을 좀 찾아보는 건 어때? 아직은 우리 하고 싶은 거 더 해봐도 되는 나이잖아." 친구 A는 그런 말이 나올 줄 알았다는 듯 아주 자연스럽게 대꾸했다. "그렇게 세상 편하게 살 수 있으면 얼마나 좋겠냐. 다 이렇게 사는 거지 뭐. 안 그래?"

재밌게 살고 싶지만, 돈도 많이 벌면 좋겠어

친구가 말한 '세상 편하게 사는 것', 그건 아마도 '돈보다는 재미를 추구하면서 사는 삶'을 가리키는 게 아닐까 싶다. 아직 젊은데 너무 팍팍하게 사는 거 아니냐고 대꾸할 수도 있을 것이다. 하지만 친구의 마음도 충분히 이해가 된다. 조금만 뒤처지면 영원히 낙오가 될 것 같은 두려움을 심어준 것은 사회다. 무수한 시험과 경쟁을 뚫고 얻은 것이 고작 평균치의 삶이지만, 그것만으로도 다행이라는 생각이 든다.

물론 가장 원하는 것은 하고 싶은 일을 재미있게 하면서 돈도 많이 버는 것이다. 하지만 당장에 생존이 위협받는 느낌이 드는 상황에서, 재미를 앞세우는 것은 너무나 큰 용기가 필요하다. '다들 이렇게 사는데, 내가 뭐 그렇게 특별난 사람도 아니잖아'라고 위안하는 쪽이 훨씬 더 안전하게 느껴진다.

문제는 그럼에도 분명 없어지지 않는 허기가 있다는 것. "재밌는 거 뭐 없을까?" 이런 질문은 마음속에서 점점 더 커져가는 듯하다. 그런 자신이 고민거리거나 이해가 되지 않는다면, 잠시 어린 시절을 떠올려보자. 어릴 때는 재밌는 일을 참 잘도 찾아냈던 것 같다. 개미들이 어디로 가는지 한참을 따라가 보다가 네잎클로버를 찾고, 친구가 나타나면 또 다른 놀이를 시작했다. 그게 하나도 이상하지 않았을 뿐만 아니라, 좀 재밌게 살고 싶다는 생각 같은 걸 할 새가 없었다. 그렇다면 언제부터 '재미'라는 얘기를 꺼내는 게 조심스러워졌을까?

"그게 스펙에 도움이 돼? "돈이 되는 일이야?"

"나이가 몇 살인데, 언제까지 재미 타령만 할 거야?"

아마 주위 사람들에게 이런 얘기를 듣기 시작하면서부터

였을 것 같다. 이런 질문 혹은 핀잔에 굴하지 않을 수 있다면 다행이지만 쉽지는 않다. 점점 생각하는 것을 말하지 않게 되는 이유이기도 하다. 그리고 그만큼 혼자 생각하고 혼자 포기하는 일도 많아졌다. 그렇다면 이런 질문을 되돌려주는 건 어떨까?

"재미없이 산다면, '유전자 전달자' 이상의 의미는 없는 거 아닐까요?"

재미라는 '모'를 심자

구르기 운동본부는 실제로 있다. 구르기는 척추에도 좋고 치매 예방에도 도움이 된다고 한다. 그래도 뭐 운동본부씩이나 만들 일이냐고? 안 될 이유는 뭐가 있을까? 안 될 이유라면 '돈은 벌 수 있겠냐?', '사람들에게 인정받을 수 있겠냐?' 정도가 되겠다. 아마 대부분 이 두 가지 걱정에 가로막혀 재미를 찾는 삶에서 멀어지는 것 같다. 방금 재미난 아이디어가 떠올랐다. 응원이나 조언을 구하기 위해 주위 사람들에게 이야기를 해본다. 그럼 이런 질문이 돌아올 것이다. 그래서 그게 돈

구르기 운동본부

이 돼? 그게 무슨 의미가 있어?

물론 진심으로 걱정을 해서 말해주는 사람도 있다. 브레이크를 잡아주는 기능도 있긴 하다. 산으로 가는 것을 막아주려고. 하지만 산으로 가는 것도 재밌지 않을까. 주관을 가지고 이끌어 갈 수 있다면 말이다.

그런 다양한 가능성이 싫지 않다면 재미의 모심기를 권한다. 재밌는 일을 생각하고 있다면 일단은 주위에 말하지 않고 혼자 조용히 실천에 옮겨보는 것이다. 다른 사람들에게 이야기를 하지 않으면 응원을 받지 못해 외로울 수 있으나, 비난을 받을 일도 없다. 인정받아야겠다는 마음보단 재미를 좀 더 추구해보겠다면 "나 여기 모심었음" 하고 처음부터 알릴 필요는 없다. 나만의 작은 모판에서 모를 조용히 기른 후, 옮겨 심을 만큼 적당히 자라면 알리는 것이다.

물론 그때도 굳이 알릴 필요는 없지만 본격적으로 모내기를 할 때, 옆에서 응원을 해주면 더 신나는 것도 사실이니까. 원한다면 그때쯤에는 주위에 알려도 좋겠다.

꼭 이 방법이 아니어도 실천하기 쉬운 작은 목표들부터 도전해보는 것, 너무 먼 미래를 생각하지 않는 것도 도움이 될 것이다. 우리는 첫발을 내디딜 때부터 결승점을 통과할 수 있을지 없을지를 생각할 때가 많다. 소개팅할 때 결혼까지 생각하고, 앨범 내면서 그래미를 생각하면 힘들다.

ID_멋대로무용가

매일 책상에 앉아서 작업을 하는 편이라 몸을 많이 움직이는
재미를 찾다가 2년 전부터 현대무용을 하게 됐습니다.
어릴 적 음악에 맞춰 마음대로 개다리춤을 췄던 시절로 돌아가
마음대로 목을 돌리고 다리를 움직이고 팔을 뻗어 휘젓는데
그게 무용이 되더라고요.
당신이 뭘 하든 그 자리에서 마음대로 움직이고 생각하고
잠시나마 멍청이가 되는 것도 일상의 무료함을 달래주는
잔잔한 재미가 됩니다.

이런 기대는 사치인가요?

감정 노동에서 시발 비용까지

늦은 퇴근길, 김보통 씨는 오늘도 곧장 집으로 향하지 못하고 근처 패스트푸드점으로 향한다. 일이 몰려 몇 주째 야근을 한 탓에 눈만 감으면 바로 잠들 수도 있을 것 같은데도 햄버거를 먹어야겠다니, 스스로도 어이가 없다. 하지만 퇴근길이면 어김없이 허기가 밀려온다. 특히 오늘 낮에 들었던 말을 잊기 위해서라도 뭔가를 먹어야겠다.

김보통 씨의 상사는 보고에 유난히 집착이 심하다. 시시콜콜한 사안도 다 자신에게 보고하기를 원한다. 물론 거기까진 업무 스타일로 이해할 수 있다. 문제는 보고를 할 때마다 날아오는 상사의 코멘트다.

"겨우 이딴 기획안 쓰고 잠이 오냐? 연봉이 아깝다 아까워."

"이래서 학벌을 무시할 수가 없다니까. 답답하다 답답해."

지적을 넘어서는 비아냥거림과 인격모독에 김보통 씨의 멘탈은 너덜너덜해지곤 했다. 그런 날이면 퇴근길에 햄버거를 우걱우걱 씹으면서 스트레스를 푸는 게 습관이 되어버린 김보통 씨.

그런데 오늘따라 주문을 받는 점원이 무뚝뚝하게 느껴진다. 아니, 좀 신경질적인 것도 같다. 뭐지? 점원 교육 안 시키나? 내 돈 내고 사먹는데 이 불쾌한 기분은 뭐지? 클레임이라도 걸어야겠다는 생각을 하다가 문득 거울에 비친 얼굴을 보고 흠칫 놀란다. 독기가 한가득인 자신의 얼굴이 누군가를 떠올리게 해서다. "왜? 기분 나빠? 당신이 받는 월급에 이런 것도 다 포함돼 있어!"

월급에 다 포함돼 있다?

'감정 노동'이라는 단어가 등장한 지 벌써 꽤 시간이 흘렀다. 그 사이 마트에서 계산을 하는 분들에게 의자가 주어지고, 콜센터 직원에게는 인격모독 발언을 들었을 때 전화를 끊을 수 있는 권리가 생겼다. 여전히 백화점 직원을 무릎 꿇리고, 패스트푸드점 직원에게 햄버거를 던지는 일들이 일어나고 있지만 그때마다 많은 사람들이 함께 분노하면서 절대 있어서는 안 되는 일이라고 목소리를 높인다. 어떤 이유에서든 해서는 안 되는 행동이라는 공감대를 확인할 수 있다. 그런데 최근에는 '시발비용'이라는 신조어가 많은 사람들의 공감을 얻고 있다. 시.발.비.용.

비속어인 '시발'과 '비용'을 합친 이 신조어는 '스트레스를 받지 않았으면 발생하지 않았을 비용'을 뜻한다. 이런 신조어가 생기고 공감을 얻게 된 이유를 알 수 있는 설문조사 결과가 있다. 직장인들의 택시 이용률에 대한 조사였는데, 하루 평균 1회 택시를 탄다는 응답이 가장 높았다고 한다. 그런데 주목할 것은 택시를 이용하는 이유였다. 가장 큰 이유는 '시간 절감(37.1%)'이었지만, 그 뒤를 이은 이유가 바로 '직장 스트레

C8
시! 발! 비. 용.

스'였다. 다시 말해, 평소라면 대중교통을 타거나 걸어가도 될 거리인데도 직장에서 받은 스트레스 때문에 홧김에 택시를 타는 경우가 무려 28.6%나 된다는 것이다. 이와 비슷한 예는 많다.

홧김에 치킨 시키기, 홧김에 충동구매하기… 재미로 승화시키긴 했지만, '일을 하면서 받는 스트레스는 정말 당연한 것인가?'를 생각해보게 한다. 단순히 업무를 수행할 때 받는 스트레스 외에도 과도한 경쟁에 내몰리면서 오는 압박감, 고객이나 상사에게서 받는 모욕 같은 것들도 '사회생활이란 원래 그런 것'이라는 말로 받아들이곤 했다. 그리고 그 결과 "당신이 받는 월급에 모욕과 스트레스를 감내하는 것이 다 포함되어 있다"는 주장까지 수긍하는 분위기가 된 것이다.

그런데 정말 그런가? 그게 사실이라면 연봉 협상을 할 때 고객이나 상사에게 듣는 모욕에 대한 대가를 반영해야 한다. 얼마면 충분할까? 적당한 값이라는 게 있을 수 없다. 물론 '이 정도 연봉을 받으면 참고 일해야지'라는 계산치는 있을 수 있다. 하지만 얼마가 됐든 한 사람이 마땅히 받아야 할 존중에 값을 매기는 것은 서글픈 일이다.

ID_그러는넌

실수가 취미냐, 감각이 떨어진다…

기분 나쁜 말만 골라서 하는 상사 밑에서 일하기 너무 힘드네요.

ID_칫솔무엇

20대 초반에 세무사 사무실에 다닐 때였어요.

사무장인 40대 직원이 계셨는데, 갑자기 창틀이

왜 이렇게 더럽냐면서 칫솔을 던지고 소리를 질렀어요.

눈물이 핑 돌았죠.

ID_기억하고있다

증권사에 갓 입사했을 때였습니다.

공모주꾼이었던 고객과 전화 통화를 하고 있었는데

말하는 내용이 잘 안 들려서 "네?" 한번 했다가

"야, 이 멍충아!"라는 막말을 들었어요.

처음엔 너무 당혹스러웠고,

나중엔 '이런 대우를 받으려고 내가 힘들게 취업했나' 하는

생각이 들더라고요.

아직도 그 분의 이름을 기억하고 있습니다. 최.춘.땡.

단지 욱 해서 그런 게 아니야

맥도날드 드라이브 스루를 이용하던 사람이 직원의 얼굴에 햄버거를 던지고 가버리는 사건이 있었다. 알려진 바에 따르면 매장에는 그 상황을 찍은 CCTV가 없어서 그냥 넘어갈 수밖에 없었다고 한다. 하지만 뒤에서 기다리고 있던 다른 차량의 블랙박스에 찍힌 영상을 통해 세상에 알려지게 됐다. 누군가의 얼굴에 햄버거를 던지고 가버리는 상황 자체도 그렇지만, 왜 그런 행동을 했는지 물었을 때 가해자가 했던 대답은 더 충격적이었다. "회사일로 너무 스트레스를 받아서 그랬던 것 같습니다. 죄송합니다."

내가 스트레스를 너무 심하게 받다 보니, 다른 사람에게 폭력을 가하게 되었다. 이런 변명에 동의하는 사람은 아마 아무도 없을 것이다. 그런데 이 변명에는 더 불편한 진실이 숨겨져 있다. 스트레스 때문에 '욱해서' 한 행동이라는 것. 과연 그럴까? 질문을 한번 바꿔보자. 상대가 경찰이었다면, 직장 상사였다면, 건장한 체격의 남자 직원이었다면 과연 그렇게 욱 했을까?

ID_불편한진실

첫 직장에 들어갔는데 하필 이사장님 딸이
같은 팀에 입사를 했어요.
같은 신입사원인데 다들 이사장님 딸한테는
입도 뻥긋 안 하고 눈치를 봤죠.
그러면서 잡일은 다 저만 시키고 화풀이까지
저한테 하더라고요. 결국 두 달 만에 그만뒀어요.

직장생활을 하면서 윗사람의 눈치를 보거나 아부를 하는 것은 그 사람이 선택한 생존의 한 방식일 수 있다. 하지만 그 스트레스를 자신보다 약자의 위치에 있는 사람에게 푸는 것은 정당화될 수 없다. 어쩌면 햄버거를 얼굴에 던지는 정도까지는 아니어도, 이런 부당한 화풀이가 이미 아주 일상적으로 일어나고 있는지도 모른다.

한 신문기자가 직접 텔레마케팅 회사에 취업을 해서 경험을 바탕으로 한 르포 기사를 썼다. 하루에 몇 건의 민원을 해결했는지에 따라 쪼임을 당하거나 급여가 깎였다고 한다. 뿐만 아니라 화장실 가는 것조차 매번 보고를 해야 했고, 분 단위로 체크까지 했다고 한다. 이런 사실을 알게 되면 대부분의 사람들이 부당하다고 생각할 것이다. 하지만 동시에 안타깝지만 어느 정도는 어쩔 수 없다고 생각하는 사람도 있을지 모른다. 그것이 그들의 일이기 때문이다.

사실 제품이나 서비스를 제공하는 주체는 회사다. 문제가 있으면 회사가 해결해야 하고, 그 과정에는 고객의 불만을 듣는 것도 포함된다. 하지만 제품에 대한 불만을 듣는 일은 힘들고 성과도 드러나지 않는다. 그런 일은 보통 하청을 준다. 돈을 줄 테니 대신 욕받이가 되어달라는 것. 따라서 텔레마케터나 상담사들은 태생적으로 스트레스의 극한으로 몰릴 수밖에 없고 견딜 수 있을 때까지 견디다, 때로는 그 이상까지 견디다 결국 퇴사한다.

일반 회사에서 퇴사율이 높은 것은 여러 가지 문제가 된다. 하지만 하청으로 운영하고 있기 때문에 회사는 귀찮은 일들은 피할 수 있다. 빈자리는 금방 새로운 사람으로 채워질 것이고, 혹시 문제가 생기면 하청업체를 바꾸면 된다. 하청업체들은 일을 맡기 위해 다른 업체들과 경쟁을 하면서 단가를 낮추고 기업의 편의를 위해 노력한다.

기업의 입장에서는 비용은 줄이면서 손쉽게 일을 처리할 수 있는 아주 효율적인 시스템이다. 그러나 가장 약자인 감정 노동자들에게는 아주 잔인한 시스템이다. 우리는 그동안 이런 것들을 너무 당연하게 받아들여 온 것은 아닐까?

거스름돈 500원이십니다

평소에 불편하게 느껴지는 것에 대한 이야기를 나누다가 누군가 "사물에까지 존칭을 쓰는 걸 들으면 미칠 것 같다"는 말을 했다. 그 이야기를 듣고 의식하기 시작하니 그 이상한 존칭을 정말 자주 들을 수 있었다. "아메리카노 나오셨습니다", "그 제품은 품절이십니다"라고 말하는 사람의 태도가 공손하니 문제 삼을 일인가 싶기도 하다. 하지만 사람의 존재가 쉽게 돈이나 물건보다 아래에 놓이는 게 우리 사회의 현실 같아서 몹시 씁쓸하다.

혹시 사회초년생 시절 "젊은 사람 표정이 그렇게 없어서 되겠어? 좀 웃어"와 같은 소리를 듣고 미소 연습을 해본 적은 없는지? 웃는 것은 물론 좋은 일이다. 단, 진짜 행복하고 즐거워서 웃을 때 그렇다. 진심으로 상대의 웃는 모습이 보고 싶다면 저절로 웃음이 나는 상황을 만들기 위해 노력하면 된다.

내가 갑이고 소비자니까

넌 내 앞에서 웃음을 지어야 해

하지만 웃음 강요는 대개 부하직원이나 판매직원에게로 향한다. 항상 친절하기를 바라고, 헛소리를 해도 웃어주기를 바라며, 항상 기운차기를 바란다. "내가 갑이고 소비자니까 넌 내 앞에서 웃음을 지어야 해"와 같은 보상심리가 너무 부끄러움 없이 작동하고 있지는 않은지… 우리는 그만큼 일상적으로 감정노동을 요구받고 있다.

ID_안죄송합니다

작은 가게에서 일하고 있는데요.
말 때문에 상처받을 때가 많아요.
특히 잘못하지도 않았는데 "죄송합니다"라고
말할 수밖에 없을 때 정말 힘들더라고요.

갑질이나 폭언은 누구나 문제로 인식한다. 하지만 예의나 친절, 사회생활의 미덕 같은 것으로 포장된 감정 노동에 대해서는 나서서 잘못됐다고 말하기가 쉽지 않다. 전화 통화를 하다가 끊을 때 습관적으로 "감사합니다"라는 말을 하게 된다. 딱히 감사할 일이 없고, 감사하지도 않는데 인사말처럼 자연스럽게 하게 된다. 죄송하지 않더라도, 상대가 고객이기 때문에, 상사이기 때문에, 나보다 나이가 많기 때문에 죄송하다고 말해야 한다.

● ID_포커페이스

대학원 지도 교수님께서 논문 면담을 신청했는데
몇 달 동안 연락도 없으시고, 어렵게 뵙더라도
뭐가 문제라고 말씀도 없으셨거든요.
그런데 어느 날 갑자기, "한번만 더 이런 식이면
너 내 지도 못 받을 줄 알아?" 하고 화를 내시면서
다 엎으라고 하셨어요. 아무런 설명도 없이 말이죠.
집에 와서 펑펑 울었던 기억이 납니다.
다 그런 거라는데 전 잘 못 참는 편인가봐요.
아무렇지 않은 척이 안 되네요.

"사회생활은 어쩔 수 없어… 어디를 가나 그래." 정말 흔하게 들을 수 있는 말이다. 덕분에 '이 정도 모욕감이나 모멸감도 견디지 못하는' 자신을 나약하게 여기고, 미워하게 되기도 한다. 하지만 이것은 누구에게 유리한 생각일까?

일을 하는 이유는 내가 가진 능력을 발휘해 돈을 벌고, 그

돈으로 생활을 꾸려나가기 위해서다. 나를 위해서 일과 돈이 필요한 것이지, 일과 돈이 나보다 앞서지 않는다. 모멸감이라는 옵션은 필수가 될 수 없다. 그런데도 어느새 "사회생활은 원래 더럽고 치사하다"는 말을 이미 내면화해버린 자신을 보게 된다.

얼마 전, 취업 준비생들이 '모욕 스터디'라는 것을 한다는 이야기를 들었다. 기업의 압박면접을 이겨내기 위해서 일부러 사전에 서로 모욕을 가하며 견디는 연습을 한다는 것이다. 회사에 들어가기도 전에 참는 법부터 가르치려는 것에 저항해야 한다. 참는 것은 결코 미덕이 아니다. 내가 참으면 구조가 더 강화된다. 여기서 참으면 저기서 터진다. 그리고 나에게 다시 돌아온다.

갑질

갑을병정甲乙丙丁. 이 한자들을 처음 접했던 건, 아마도 학창 시절 한자나 역사 수업 시간이 아니었을까 싶다. 갑자사화나 을미사변 같은 굵직한 역사적 사건을 배우며 갑자년, 을미년 하던 시절이 있었다는 것을 대충 알고 넘어갔던 것 같다. 그때까지 '갑'과 '을'은 단지 순서일 뿐, 무슨 특별한 의미 같은 건 느껴지지 않았다. 평소에 쓸 일도 없었으니까.

'갑'과 '을'을 다시 만난 건 어엿한 사회인이 되어 '계약서'라는 것을 처음 쓸 때였다. 누군가는 '갑'으로, 누군가는 '을'

그때까지 '을'은 단지 순서일 뿐

무슨 특별한 의미 같은 건 없었는데...

로 지칭된다는 것을 알게 되었다. 이후 10여 년의 사회생활을 하는 동안, 여러 번 계약서를 썼고 때로는 계약서조차 없이 일하기도 했다. 그러는 사이 '갑'과 '을'은 결코 단순한 호칭이 아니라는 것을 알게 되었다. 아니 온몸으로 뼈저리게 느끼게 되었다. '갑질'이라는 말이 등장한 것도 바로 그 즈음이었다. '도둑질'이나 '저질'처럼 좋지 않은 행동을 비하하는 뜻의 '질'이라는 접미사가 붙은 데는 이유가 있었다. 계약서상이나 세상살이에서 '갑'의 위치를 차지한 존재들의 유세는 우리가 짐작했던 것 이상이다.

'갑질'이라는 신조어를 모두에게 널리 알린 사건이 있었다. 큰 항공사 재벌이 땅콩 서비스가 마음에 들지 않는다는 이유로 비행기를 세운 사건은 이게 정말 현실인지 눈을 비비게 만들었다. 젊은 나이에 높은 직위에 오른 재벌 3세가 아버지뻘 되는 임원에게 막말을 하며 악을 쓰는 목소리는 차라리 귀를 씻고 싶게 했다. 외신에까지 보도되어 'Gap-zil'이라는 고유명사를 널리 알린 사건이었다. 그러나 부끄러워할 새가 없었다. 온갖 갑질에 대한 폭로와 토로가 쏟아져 나왔기 때문이다.

젊은이들의 열정과 새로운 조직문화를 내세우던 스타트

업 대표조차도 갑질의 가해자였다. 그래, 여기까진 일부 몰지각한 개인의 잘못으로 여길 수도 있었다. 하지만 갑질은 우리 생활에 보다 깊고 넓게 스며 있었다. 단지 내의 지상에 차를 세우지 않는다는 모토를 가진 한 아파트에서 택배차량의 출입을 막았다. 택배기사들이 할 수 없이 아파트 입구에 물건을 배달하자 주민들이 이번에는 택배기사가 직접 무거운 짐을 끌고 집앞까지 배달할 것을 요구했다. 세상에 이토록 다양한 '갑'과 '갑질'이 있다니… 놀라움과 분노의 연속이다.

ID_생각을고쳐주고싶다

저는 AS센터에서 일하고 있는데요.
그날도 손님들이 오신 순서대로 처리를 해드리는 중이었죠.
그런데 어떤 분이 "여기서 50만 원어치를 했는데,
이렇게 기다리게 하느냐"며 큰소리를 치시는 거예요.
서둘러 AS를 해드렸는데 "고맙다"는 말도 없이
휙 나가버리시더라고요.
돈을 많이 쓴 사람은 기다릴 수도 없는 건가요?
저야 마지막까지 웃으면서 안녕히 가시라고 하긴 했는데,
솔직히 기분은 좋지 않았어요.

불공정한 게임을 하고 있다

'갑'과 '을' 두 선수가 권투 시합을 하고 있다. 서로 펀치를 주고받으며 경기가 격해지는 가운데 기세가 '을' 선수 쪽으로 기울기 시작한다. 그런데 갑자기 발을 부여잡으며 고꾸라지는 '을' 선수. '갑' 선수가 발을 밟은 것이다. 고의적인 느낌이 들지만 심판은 경기를 계속 진행시킨다. 다시 정신을 가다듬고 경기에 임하는 '을' 선수. 틈을 노려 재빠르게 펀치를 날리며 상대 선수를 몰아붙여 본다.

'을' 선수에게 유리한 상황. 그런데 '갑' 선수의 표정이 심상치 않다. 몸을 붙이며 팔꿈치로 집요하게 한곳을 찍어 누르기를 거듭하는 '갑' 선수. 하지만 이번에도 심판은 경기를 중단시키지 않는다. 참다못한 '을' 선수가 주저앉자 빠르게 카운트를 세는 심판. 허겁지겁 일어나 다시 경기에 임해 보지만 '을' 선수는 어쩐지 손을 뻗기가 두렵다. 그리고 경기의 기세는 이제 '갑'에게로 기운다.

자본주의 사회에서 갑과 을의 대립은 어느 정도 불가피한 일일 것이다. 위치와 역할, 원하는 것이 다른 만큼 서로 줄다리기를 하게 된다. 그리고 그 줄다리기가 공정하게 이루어질

‘갑’에게 유리한 불공정한 경기

수 있도록 사회는 규칙을 정해두고 있다. 문제는 그 규칙이 모두에게 엄격하게 적용되지 않는 것이다.

'갑'의 경우, 보편적으로 '이것은 지킵시다' 하는 것을 뛰어넘고도 처벌도 피하는 경우가 많다. 억울함을 참지 못한 '을'이 나섰다가 오히려 더 큰 피해를 입기도 한다. 그런 모습을 지켜보면서 다른 '을'들은 '나도 이런 일을 당하지 않을까' 불안해지고 더욱 주눅 들게 된다. 그리고 '갑'은 한층 더 당당해지고 과감해진다.

불공정한 게임에 익숙해진 결과일까. 최근에는 '을질'이라는 신조어마저 생겼다. '갑'에게는 저항하지 못하지만 나보다 약자인 '병'에게 횡포를 부리는 '을'에 대한 이야기다. 모욕을 견디며 돈을 벌었으니, 나 역시 내가 쓰는 돈만큼 사람을 부려야겠다는 생각하는 사람, 인간관계를 철저히 먹이사슬로 바라보는 사람이 있어 상처의 연쇄 고리가 끊이지 않는다.

백화점 화장품 매장에서 일하는 판매 직원의 입장이 되어보자. 대부분의 손님들이 그렇지 않지만 갑질을 부리는 손님의 수도 적지 않다. 동등한 사람으로 대우받지 못하고, 눈치를 보며 저자세로 일하면서 어떻게 진심 어린 서비스를 할 수 있을까. 그렇게 우리는 진심으로 기분 좋은 대화를 나눌 수 있는 기회를 놓쳐가고 있는지 모른다.

갑질을 갑질로 갚나요?

택배기사 안녕하세요. 여기가 104번지 ○○식당 맞죠?

식당주인 맞는데.

택배기사 택배로 물 5박스 시키셨죠. 읏차! (열심히 나른다)

식당주인 (성질 내면서) 아니, 이 양반아. 그걸 거기 다 그냥 놓으면 어떡하나. 저 안쪽에 창고에 갖다 놔야지.

택배기사 네?

식당주인 (답답하다는 듯) 거기다가 그냥 놓고 가지 말고, 저 안쪽에 창고에다 갖다 놓으라고.

택배기사 아 사장님, 죄송하지만 창고 안에까지 옮겨드리는 건 제가 하는 일은 아니어서요.

식당주인 뭐? 아니 근데 택배가 말이야. 고객이 하는 말에 토를 달고.

택배기사 아니요, 저 사장님… 끙… 알겠습니다. (의미심장)

물 다섯 박스를 뒤쪽 창고에까지 옮겨다 놓은 택배기사는 차로 돌아가 유니폼 조끼를 벗는다. 그리고 다시 식당으로 돌아간다.

식당주인 (신나게) 어서 오세요. 몇 분이세…
(택배 기사 알아봄) 아니, 너 왜 안 가고?

택배기사 너어? 아니, 이 식당은 손님 응대가 원래 이런가?

식당주인 (당황) 아…네… 이… 이쪽으로 앉으시죠.

택배기사 여기 뼈다귀 해장국 하나 빨리 가져와. 아, 그리고 해장국 가져올 때 뼈다귀에서 살 싹 발라서 가져와. 어서!

갑질을 갑질로 되갚아준 이 이야기는 인터넷상에서 흔히 말하는 '사이다 썰'로 화제가 되었다. 실제로 있었던 일인지는 알 수 없지만 많은 사람들이 이런 상황을 원한다는 것만은 분명히 알 수 있다. 아마도 그건 일상생활에서는 쉽지 않기 때문일 수도 있겠다. 실행의 어려움을 떠나 갑질을 갑질로 갚아주는 것은 정말 통쾌하기만 한 일일까?

갑질이 문제가 되면서 계약서상의 '갑'과 '을'을 다른 단어로 바꾸자는 이야기가 나온다. 부장님, 김 대리 같은 호칭 대신 모두 "누구 님"하고 이름을 부르게 하는 회사들도 있다. 하지만 호칭보다 중요한 것은 계약서의 계약 조항들이 공정해지는 것, 실제로 평등한 관계가 되는 것이다.

갑을 이행시

갑 갑자기 반말하시면
을 을매나 기분 나쁘게요.

갑 갑갑하네 갑아.
을 을이 없이 니가 갑이 되니?

갑 갑과 을을 나누는 건 행복한 삶의 조건이 아닙니다.
을 을매나 잘나셨길래 갑질을 하시나요.

갑 갑으로 대접받고 싶으면
을 을처럼 행동하라.

갑 갑의 갑질은 싫다고 했지만
을 을이었던 나는 병에게 을질을 하지 않았을까 반성해봅니다.

내가
꼰대라니…

ID_세계1대불가사의

왜 윗분들은 하나같이 회식을 좋아하는 걸까요? 정말 궁금합니다.

세계에는 10대 불가사의가 있지만 직장인들에게는 그보다 더 궁금한 것이 있다. 바로 '회식은 누구를 위해서 하는 것인가'이다. 각종 설문조사 결과를 보면 회식을 싫어하는 사람이 압도적이라는 것을 알 수 있다. 그런데도 회식은 계속되고 있다. 지금 이 순간에도.

궁금증이 폭발한 어느 날, 선배에게 직접 이 질문을 던져보았다는 김보통 씨. "회식을 왜 이렇게 많이 하는 걸까요?"라는 질문에 돌아온 대답은 "너 좋으라고 하는 거 아니야"였다. 그리고 선배는 나직하게 덧붙였다. "술을 계속 먹으면 괴롭겠지. 그러면서 '다음에도 성과 못 내면 알지?' 하고 경고하는 거야. 벌을 주는 거라고나 할까."

알다시피 '꼰대'라는 말은 은어다. 요즘엔 워낙 널리 쓰여서 몰랐는데, 원래는 학생들 사이에서 선생님이나 아버지처럼 나이 많은 남자를 가리켜 썼던 말이라고 한다. 떠올려보면 감수성이 예민하고 머리가 쑥쑥 크던 시절에는 누구의 말이든 다 간섭처럼 느껴지곤 한다. 그런데 왜 굳이 '남자 어른'한테 이런 말을 쓰기 시작했을까.

간섭을 하는 것에 있어서는 엄마가 더 많이 할 수도 있다. 하지만 엄마와는 대화를 나누고 투정을 부릴 수도 있다. 그에 비해 아버지나 선생님은 훨씬 어렵다. 더 솔직히는 '두려우면서 짜증난다'고 표현할 수 있을 것이다. 이렇게 생각해보면 간섭도 간섭이지만 '소통불가', '일방통행'이 '꼰대'라는 단어의 의미를 규정짓는 더 중요한 요소가 아닐까. 그리고 그 배경엔 '권위'가 있다.

내가 꼰대라니…

사실 일반적인 인간관계에서는 소통하지 않고 자기 말만 하는 사람, 내 생각은 맞고 너는 틀리다고 우기는 사람은 도태될 수밖에 없다. 그러니 서로 조심하는 게 당연하다. 하지만 권위가 생기면 조심성을 잃는다. 내가 틀릴 수도 있다는 의심을 더 이상 하지 않고, 다른 사람을 내 통제하에 두려고 한다. 그래야 자신의 권위가 선다고 생각하기도 한다.

회사에서는 회식이 주로 그런 용도로 쓰이곤 한다. "내 밑으로 다 집합"을 외쳤을 때 한 명도 빠짐없이 참석해 분위기 흐리는 사람 없이 잘 놀고, "역시 우리 팀 단합이 최고"라고 자화자찬하는 것으로 자신의 권위를 확인한다. 이런 예는 수도 없이 많다.

ID_계속다닐수있을까

뭐든 열심히 하려고 했던 신입사원 시절,

늦게까지 회식을 한 다음날이었어요.

오전 7시 반에 출근하면서 '이 정도면 괜찮겠지?' 했는데, 웬걸…

7시 20분에 이미 다 출근한 선배들을 보고 깜짝 놀랐습니다.

이게 직장생활이구나 무서웠어요.

ID_고문하는고문님

워커홀릭인 상사가 있었는데,

문제는 모든 팀원들의 출퇴근 시간을

자기 스케쥴에 맞추는 거였습니다.

본인이 그 시간에 안 남으면 되는데…

“왜 나 혼자 남아 일하는 거지?” 하고

본인이 새벽같이 나오면서 “다들 출근이 늦다”고 말했죠.

그래놓고 추가수당 신청했다고 난리난리.

덕분에 울면서 일했습니다.

대학교에서 선배가 후배들을 집합시켜놓고 기합을 주거나 때리는 사건이 뉴스를 통해 종종 보도되곤 한다. 인사를 제대로 하지 않아서, 수업 분위기가 좋지 않아서, 학과 행사에 참여하지 않아서 그랬다고 한다. 표면적인 이유가 뭐든 본래 이유는 하나일 것이다. 없는 권위를 만들어내기 위해서.

누구나 처음부터 꼰대는 아니었어

며칠 전에 저희 팀 회식이 있었습니다.
늘 어디를 갈까 토론을 하지만 그날도 결국은 부장님이
좋아하시는 일식집으로 장소가 잡혔죠. 그런데 가는 길에
동기인 윤 과장이 조용히 다가와 묻더라고요.

윤 과장 김 과장, 그거 준비했어?

김보통 그거? 뭐?

윤 과장 아이, 부장님이 항상 시키는 거 말이야.

김보통 에이 설마… 아직도 그걸 해?

윤 과장 나랑 내기 할래? 난 '한다'에 건다. 윤 과장은 자신만
만해 했지만 그래도 전 설마설마했습니다. 그런데…

박 부장 자, 다들 잔 채웠지? 에… 우리 영업 1팀!
오랜만에 이렇게 다 같이 거국적으로 한 잔 하는데 우리 부서에

이번에 다시 컴백한 김보통 과장. 아주 기대가 커. 자, 건배사,
김보통 과장이 한번 해봐.

그렇습니다. 부장님들이 회식만큼이나 좋아하는 게
건배사라는 것을 전 잠시 잊고 있었습니다.
아니, 이제는 좀 달라졌을 거라고 생각했죠.
당황해서 머리가 하얘진 저에게 면박을 준 부장님은
회심의 미소를 지었습니다.

박 부장 하아… 그래도 나보다 젊은데 이렇게 순발력이 없어서
되겠어? 안 되겠네. 내가 하지. 보자… 그래 '오징어' 갑시다.

다같이 '오'

박 부장 오래오래!

다같이 '징'

박 부장 징~글징~글하게

다같이 '어'

박 부장 어울립시다! 캬~ 좋다 좋아!

부장으로 승진할 때, 건배사를 몇 개나 알고 있는지
기준이라도 있는 걸까요? 본인이 재밌어하는 것까진 괜찮은데,
왜 항상 다른 사람들에게도 시키는 건지
저는 정말 이해가 되지 않더라고요.
그날 다시 한 번 다짐했습니다.
'난 절대 저렇게 되지 말자.'
그런데 말이죠. 최근에 충격적인 사건이 있었습니다.
다른 팀 후배 사원 하나가 서류를 가져다 줄 일이 있어
찾아왔다가 일 관련해서 조언을 구하더라고요.
그래서 대화를 나누다가 문득 생각난 게 있어서 얘기를 꺼냈죠.

김보통 음… 이건 걱정돼서 하는 말인데. 보니까 SNS 프로필에 남자친구랑 같이 찍은 사진을 해놨더라고. 웬만하면 그런 사진은 프로필에 해놓지 말아요. 회사라는 데가 괜히 이런 저런 말이 많아서 피곤해지거든. 다 내가 겪어봐서 하는 얘기야.

순간, 후배의 표정이 좀 당황한 거 같기는 했는데
전 정말 후배를 아끼는 마음에 해준 말이라
도움이 될 거라고 믿었습니다.
그런데 얼마 후 우연히 후배들의 쑥덕임을 듣게 됐죠.

후배 1 야, 남의 SNS 프로필을 뭘 그렇게 유심히 보냐? 그리고 봤어도 그냥 말이라도 말지. 뭘 아는 척을 하고 그래.

후배 2 진짜 소름 돋았다니까.

"꼰대야, 꼰대."

아니, 전 정말 후배를 생각해서 해준 말이었는데,
너무너무 억울합니다.
제가 정말 꼰대 같은 행동을 한 건가요?

재밌는 통계가 있다. 직장인 남녀 1,000여 명을 대상으로 설문조사를 했는데, "직장 내에 꼰대가 있는가" 하는 질문에 77%가 "그렇다"고 답했다. 그런데 "자신을 꼰대라고 생각하는가"라는 질문에는 18%만이 "그렇다"고 답했다고 한다. 나머지 82%는 '나는 꼰대가 아니야'라고 생각한다는 것이다. 77%와 18%를 같은 선상에 놓고 볼 수는 없지만 그래도 격차가 너무 크지 않은지? 다른 사람들이 꼰대라고 생각하는 사람이 '나는 꼰대가 아니야' 라고 생각하고 있을 확률이 높다는 추측을 해볼 수 있다.

'난 꼭 꼰대가 되고 말거야' 이런 꿈을 가진 사람이 있을까? 있다면 너무 무섭겠다. 아마 대부분은 잘 지내고 싶은 마음에, 또 도움을 주고 싶은 마음에 대화를 시작했을 것이다. 그런데 그 말이나 행동이 간섭으로 받아들여지면 당황스럽고 억울할 수 있다. 그래서 "역시 요즘 애들이 이렇다니까" 한다면? 정말로 불편해진다.

억울한 마음을 누르고 차분하게 생각해보자. 의도가 어떠했든 받아들이는 사람의 느낌이 중요하다. 적어도 꼰대 여부를 가리는 데 있어서는 그렇다. 내가 싫어했던 꼰대들을 떠올려보면 더 쉽게 알 수 있다. 싫다, 싫다 하다 닮는다는 무서운 말을 떠올려 봐도 좋다. 덕분에 조금 더 조심하게 된다면 다행이 아닐까. 꼰대로 갈 뻔 했던 길에서 다시 한 발자국 물러설 수 있으니까.

친구들과 만나면 종종 "나는 아직도 20대 같은데…"라는 말을 하게 된다. 아무짝에도 쓸모없는 농담을 주고받으며 서로 놀리고 깔깔거리다 보면 정말 그렇다는 생각이 든다. 하지만 그건 친구들 사이에 있을 때나 맞는 말이다. 지금 내 마음이 20대와 같더라도 지금의 20대와는 다르다. 상황도 다르고 사람도 다르다.

내가 그 나이를 지나왔다고 해서 안다고 생각하는 것은 오만이라고 생각한다. 그럼에도 안타깝고 도움을 주고 싶은 마음에 나도 모르게 "내 생각에는 말이야" 하고 말을 보태고는 돌아서서 후회할 때가 많다. 그럼 차라리 아무런 조언도 하지 말라고? 그건 너무 각박하지 않냐고? 그렇다. 상대가 원하는 경우가 아니라면 차라리 아무 말도 하지 않는 편이 낫다.

ID_타임머신

"나 때는 말이야" 하면서 은근슬쩍 무시하는 사람들이 있어요.
그럴 때 저는 그냥 듣는 척만 합니다, 하하하.

ID_청학동나그네

예전에 계시던 팀장님은 보고서를 책상에 올려두면
다 검토하신 다음 불러서 조언을 해주셨어요.
그런데 지금 팀장님은 보고서를 자리에 올려두고
가는 걸 굉장히 싫어하세요.
보고서 내용을 앞에서 직접 읊.어.주.기.를 바라시죠.

그러고는 내용보다 맞춤법이나 서식 같은 것만 지적하십니다.
정작 검토와 조언이 필요한 부분은 그냥 지나쳐서
결과적으로 문제가 생기기도 했어요.
정말 이상한 분이죠?

ID_제발맘대로먹게해주세요

저희 팀은 보통 점심을 같이 먹는데요. 상사 한 분이 꼭
"냉면은 아무것도 안 넣고 먹는 거야. 누가 식초를 넣어서 먹어"라든지
"고기 구울 줄 모르네. 벌써 뒤집으면 어떡해"
이렇게 뭐라고 하시는데 너무 스트레스 받습니다.
밥 먹을 때는 개도 안 건드린다는데…

ID_끝판왕

더운 날, 본인은 이런 날씨에 에어컨도 안 틀고 버텼다면서
직원 모두에게 에어컨을 못 틀게 했던 분이 있었습니다.
상사였는데, 어느 날은 또 "청소를 안 했네"라고 다 들리는
혼잣말을 계속 하시면서 청소를 하시더라고요.
내내 안절부절못하고 식은땀을 흘렸던 기억이 나네요.
차라리 청소를 하라고 하시지… 지금 생각해도 식은땀 납니다.

ID_나야나

회사에서 막내로 오래 있었는데요.

수저와 다과 세팅은 항상 제몫이었죠.

그래서 후배들도 그렇게 해야 한다고 생각했는데…

이미 저도 꼰대였네요.

주의를 기울이지 않으면, 내가 그랬으니까 후배들도 그렇게 하는 게 당연하다는 생각을 자연스럽게 하게 된다. 굳이 똑같이 힘들게 하고 싶어서가 아니라, 그게 역할이라는 학습을 받았기 때문일 것이다. 그러니까 연쇄 고리를 끊기 위해서는 자꾸 의심해봐야 한다.

그래도 나는 절대 꼰대는 아닌 것 같다고?

꼰대력 테스트

'우리 팀은 분위기가 참 좋아'

상사들이 흔히 하는 착각 중에 하나가 아닐까 싶다. 함께 모여 사적인 이야기도 많이 나누고 농담도 주고받고, 인간적

건 배!
건배!
건배!
건배!

으로 지낸다는 것이다. 하지만 팀의 막내 급들도 과연 그렇게 느끼고 있을까? 나는 좋은 선배, 좋은 상사라는 확신만큼 위험한 게 또 없다. 자, 아래에 있는 문항에 해당이 되는지 안 되는지 솔직하게 답해보자.

1 사람을 만나면 나이부터 확인하고 나보다 어리면 반말한다.

2 요즘 젊은이들은 노력은 하지 않고 세상 탓만 하는 것 같다.

3 "내가 너만 했을 때"라는 말을 자주 한다.

4 고위 공직자나 유명 연예인과의 개인적인 인연을 자주 이야기한다.

5 후배가 커피를 알아서 대령하지 않으면 불쾌하다.

6 자유롭게 의견을 말하라고 했는데 나중에 보면 내가 먼저 답을 제시했다.

7 후배나 부하직원의 옷차림과 인사예절도 지적할 수 있다.

8 내가 한때 잘나갔다는 사실을 알려주고 싶다.

9 연애나 자녀 계획 등의 사생활도 인생 선배로 답을 제시해 줄 수 있다.

10 회식이나 야유회에 개인 약속을 이유로 빠지는 사람을 이해하기 어렵다.

11 내 의견에 반대한 후배는 두고두고 잊지 못한다.

12 나보다 성실하고 열정적으로 일하는 사람은 없는 것 같다.

13 나보다 늦게 출근하는 후배가 거슬린다.

14 후배의 장점이나 성과를 보면 반사적으로 단점을 찾게 된다.

15 “○○란 ○○인거야”와 같은 진리명제를 자주 사용한다.

주 52시간 근무제, 그리고 돈

근무 시간이 줄어든다면?

그날 오후, 회사 분위기는 조금 어수선했다.
좀 들떠 있는 것도 같았는데 그건 어쩌면 오후 내내 콧노래를 부르는 윤 과장 때문이었던 것도 같다.

김보통 과장님, 뭐 좋은 일 있으세요?

윤 과장 몰라서 물어? 오늘부터 저녁이 있는 삶이 공식적으로 시작된 거 아냐. 아… 뭘 하면서 이 귀한 저녁을 즐길지… 고민이네.

7월 1일, 내일이면 주 52시간 근무제가 시행된다. 근무시간이
줄어드는 건 좋은 일이다. 시간이 생겼으니 학원을 다닐까,
동호회를 들까 행복한 고민을 할 수 있었다.
하지만 마음이 불편한 사람도 있었다. 김보통 씨처럼.

윤 과장 김보통 씨는 표정이 왜 그래. 오늘부터 혼자 쭉 야근할 사람처럼. 아… 시간은 생겼는데, 만날 사람이 없고만, 껄껄.

김보통 그것도 그런데… 저… 과장님은 월급 줄어드는 건 별로 걱정 안 되세요? 야근 수당, 주말 근무 수당… 이게 사실 무시할 수 없잖아요.

윤 과장 그거야 그렇지만 그래도 내 시간이 생기잖아. 그 시간에 친구 만나 스트레스도 풀고 건강관리도 좀 하고… 병원비, 약값, 스트레스 푸느라 마시는 술값… 다 줄지 않겠어?

맞는 말이다. 하지만 김보통 씨는 월세에 교통비, 통신비, 식비…
기본 생활을 유지하는 데 드는 비용만으로도 월급의 반이

나간다. 부모님 용돈이나 경조사비 같은 지출까지 감안하면
여유가 없다. 여행도 한 번씩 가고 싶고, 취미생활도
좀 하고 싶은데 시간이 생겼지만 돈이 줄었다.
김보통 씨는 그래서 마음이 착잡한 것이다.

윤 과장 김보통 씨… 얼마면 돼? (원빈인 줄)

김보통 네?

윤 과장 아니, 그래서 대체 얼마면 만족하겠냐고.

2018년 7월 1일부터 주 52시간 근무제가 시행됐다. 아직 모든 직장은 아니고 큰 규모의 회사부터 단계적으로 적용되는 중이다. 아무래도 대기업은 인원을 좀 유동적으로 돌릴 수 있기 때문일 것이다.

근무시간이 줄어든다는 것은 퇴근을 일찍 할 수 있다는 것. 무리한 야근도 안 하게 되니 당연히 좋은 거 아닌가 싶었다. 하지만 생각 외로 의견이 분분했다. 바로 돈 때문이다. 근

무 시간이 줄어들면 급여 외에 추가 수당도 덜 받게 된다. 추가 근무에 대한 대가이니 안 하면 못 받는 거지만, 월급 체계가 회사마다 달라서 전체 연봉은 비슷해도 수당의 비율이 높은 경우 타격이 더 커진다.

"시간보다 돈이 더 급하다", "저녁은 있는데 돈이 없으면 뭐하냐"는 소리가 나오는 것도 이해가 됐다. 하지만 또 한편에서는 "우린 원래 초과근무를 하고도 수당을 제대로 받는 경우가 많지 않았다. 아예 근무시간을 줄여주는 게 맞다"는 목소리도 있다. 고용주와 노동자들의 싸움일 줄 알았는데, 오히려 노동자들끼리 목소리를 높여 싸우는 것 같다.

이런 뜻밖의 논쟁은 그동안 저녁이 없는 삶을 사는 대가로 얻은 게 딱 '생활을 유지할 수 있을 만큼의 돈' 뿐이었다는 것을 새삼 확인하게 해주었다. 우리나라 노동자들의 근무시간은 세계적으로도 악명이 높다. 멕시코를 뛰어넘어 OECD 가입국 중 최장시간을 자랑하는데 생산성은 떨어진다. 왜 좀처럼 이 불명예스러운 자리를 벗어나지 못하는 걸까 의아했는데 급여체계를 보니 좀 이해가 되는 듯하다.

흔히 '월급' 하면 기본급을 떠올리게 된다. 성과를 떠나 정해진 시간 동안 주어진 일을 성실히 했다면 기본적으로 보장

'저녁이 있는 삶'이 과연 좋기만 할까?

받게 되는 급여다. 원래는 이 기본급으로 어느 정도 기본 생활이 가능해야 한다. 하지만 같은 연봉이어도 열어보면 천차만별. 회사는 직원들에게 월급을 많이 주고 있다고 자랑하지만, 실제로는 낮은 기본급을 노동자들의 추가 근무 수당으로 메꾸는 경우가 많다.

당연히 노동자 입장에서는 불만이 나올 수 있는 월급 체계이다. 그럼에도 불구하고 많은 사람들이 묵묵히 자신의 시간과 노동력을 바쳐 그 빈틈을 메꿨다. 연봉 협상이라 말하지만 대개는 연봉 통보일 뿐인 회사생활에서 이의를 제기하기는 쉽지 않은 일이다. 우리나라가 오랫동안 '가장 오래 일하는 나라'라는 자리를 지킬 수 있었던 데에는 그런 이유도 있었다는 것을 알았다. 이제 근무시간을 줄이려는 노력이 시작된 것은 다행이지만, 급여, 돈의 문제도 함께 개선되길 꿈꿔본다.

우리 시대 먹고사니즘

한 TV예능 프로그램에서 개그맨 진행자가 지나가던 시민과 잠시 이야기를 나누는 장면이었다. 회사원이라는 남자에게 진행자가 회사를 오래 다니는 비결이 뭐냐고 물었다. 인간관계나 처세술에 대한 이야기가 나올 줄 알았다. 하지만 그가 했던 대답은 이랬다.

"빚을 내면 된다."

대출이나 신용카드 할부가 남아 있으면 퇴사를 할 수가 없다는 것이었다.

농담이 섞여 있었겠지만, 진심이든 그렇지 않든 그게 현실이라서 웃픈 농담이다. 직장인들 사이에서는 흔히 "자폭한다"는 말로 통한다. 아직 여유가 충분하지 않더라도 덜컥 집이나 차를 구입하는 것이다. 그 빚을 갚아야 하는 10년, 20년 동안은 아무리 더러운 꼴을 당해도 퇴사할 마음을 먹을 수 없도록 말이다.

사실 굳이 이런 시도를 하지 않아도 많은 이들이 월급통장과 신용카드 명세서를 보고 또 보면서 그만두고 싶은 마음을 삼키고 있다는 것을 알고 있다. 열심히 일해도 늘 부족한 돈, 하지만 '에잇, 이까짓 거!' 하면서 포기하기엔 아쉬운 돈.

대체 돈이 얼마 정도 있어야 '이 정도면 괜찮지' 할 수 있을까. 그 답을 찾아보기 위해 사람들의 이야기를 들어봤다.

회사를 오래 다니는 비결요…?

ID_카트요정

저는 마트에서 제철과일과 음식을 돈 생각 안 하고

카트에 담을 수 있는 정도면 행복해요.

명품가방이나 외제차 같은 게 아니어서 소박해보이지만,

사실은 이것도 되게 편차가 크죠. 제철 딸기를 한 팩 사려고 해도,

같은 용량의 가격이 천차만별입니다.

비싼 건 확실히 크고 때깔이 좋잖아요. "저렴한 것도 맛있어"

하다가도 자꾸 비싼 것에 눈길이 가는 게 솔직한 심정.

또 좀 시들거나 마감시간이 가까워오면 할인이 되기도 하니,

그럼 '조금만 돌다 올까?' 하는 생각이 들죠.

제철 과일 하나 사는 데도 이렇게 생각이 많았던 걸 떠올려보니

이런 망설임 없이 턱턱 살 수 있다면

확실히 행복지수가 올라갈 것 같습니다.

ID_위시리스트

쇼핑하면서 정말 내 맘에 쏙 드는 물건이 있으면,

가격표 안 보고 바로 계산대로 가져갈 수 있는 정도요.

"와, 이거 예쁘다" 하고 가격표를 봤다가 바로

"어유, 가격은 안 예쁘네" 하며 내려놨던 기억이 떠오르네요.

ID_맘마미아

저는 아이들 학비와 학원비 걱정 안 할 수 있을 정도면 좋겠어요.

이게 생각보다 부담이 크거든요.

아는 부장님이 월급의 반이 아이들 학비로 나간다고 하신 말씀을 들은 적이 있어요. 이걸 걱정 안 할 정도면 돈이 정말 많아야 할 것 같습니다. 사교육 자체가 필요 없는 세상이 되면 더 좋을 텐데.

ID_고무줄바지

아이가 셋이다 보니 뷔페 디너타임 걱정 안 하고 갈 수 있으면 좋겠어요.

뷔페는 런치와 디너, 평일과 주말 사이에 차이가 크죠.

아이가 셋이라면 정말 걱정할 만하네요. 아주 어릴 때는 무료인데, 유료로 넘어갈 때의 타격이란…

ID_즐거운덕후

좋아하는 아티스트의 책이나 음반을 사면서 가족들에게 쓸데없는 데 돈을 쓴다는 소리 안 들을 정도요.

문화생활을 좀 더 맘껏 즐기고 싶어요.

ID_핫딜매니아

인터넷 최저가 검색을 안 하고 마음에 드는 걸 살 수 있으면 좋겠어요. 검색 너무 피곤해요. 검색할 시간에 그냥 사겠다는 생각을 저도 자주 합니다만…

회사를 다니다가 그만두고 음악을 시작할 때, '한 달에 한 30만 원씩만 벌어도 평생 음악하며 살 수 있지 않을까' 생각했다는 뮤지션이 있다. 대리 진급을 앞두고, 연봉이 훌쩍 오르는 것을 알았지만 포기하고 퇴사를 했다는 사람도 있었다. 돈의 가치는 이렇게 다른 누구도 아닌 자신이 정하는 것이 아닐까. 나 자신이 행복해질 수 있는 셈을 할 수 있기를 빈다.

나의 고질병

누구에게나 있는 것

현대인이라면 누구나 살면서 한 번씩 꼭 앓게 된다고 해서 마음의 감기로까지 불리는 우울증. 그런데 예전엔 정말로 '우울증'이라는 병이 없었다고 한다. 그때는 스트레스 받을 일도 별로 없고 살기가 참 좋았던 것일까? 확신할 수는 없지만 그건 아닐 것 같다. 다만 우울한 기분에서 벗어나지 못하는 것은 나약한 것이며, 한가하기 때문이라는 인식이 오래 지속되어 왔기 때문일 것이다. 우울한 것만으로도 괴로운데 비난까지 받고, 게다가 이 기분의 정체마저 모른 채로 버텨야 했을 그 시절의 누군가를 생각하니 너무 안타깝다.

문득 한 사람이 떠오른다. 수시로 우울한 기분에 빠지던 친구였는데 그저 성격의 문제라고 생각했다. 그도 그럴 것이 흔히 우울증 하면, 어떤 사건으로 인해 큰 상처를 입고 깊은 우물에 빠진 상태를 떠올리게 된다. 그런데 이 친구에게는 그런 기승전결이 없었다. 특별한 일이 없었는데 쓱 찾아오는 게 우울이었다. 본인은 분명 힘든데, 그렇다고 병인가 싶게 오래 지속되거나 깊어지는 건 아니어서 오랫동안 혼자 끙끙 앓았다고 한다. 그런데 한참이 지나 자신의 증상에도 '기분부전증'이라는 이름이 있다는 것을 알게 되었다. 그저 이름을 알았을 뿐인데 신기하게도 그때부터는 견디기가 한결 나아졌단다.

병. 결코 반가운 단어는 아니다. 하지만 그렇게 특별한 단어도 아니다. 누구나 한 가지 이상의 병을 안고 살아가지 않나 싶다. 하나의 몸으로 100년 가까이 사는데 아무리 잘 관리해도 조금씩 고장이 날 수밖에 없다. 신체적으로뿐만 아니라 정신적으로도 그렇다. 정신건강의학자 하지현 박사는 '생활기스'라는 말로 누구나 생길 수밖에 없는 정신적 상처를 표현

우울증이요?
살아 움직이면 생길 수밖에 없는
생활기스 아닐까요?

하기도 했다.

가구나 그릇, 지갑, 신발 같은 생활용품들은 아무리 조심스레 다루어도 흠집이 날 수밖에 없듯이, 우리도 살아 움직이고 있기 때문에 흠집을 피할 수 없다는 것이다. 그러니 감추거나 외면해서 병을 키우지 말자. 정확하게 아는 것만으로 견디는 게 훨씬 수월해지니까. 그런 의미에서 세상에는 얼마나 많은 병이 있고 다들 어떻게 견디며 살고 있는지 알아보려고 한다.

열어보자, 고질병 상담소!

ID_대동단결비염인

저의 고질병은 비염입니다.

오랜 경험에 따르면 비염은 신체적인 증상이지만

온전히 그렇게만 볼 수는 없습니다.

스트레스가 심하면 비염이 더 심해지기도 하니까요.

특히 저의 경우, 어릴 적부터 비염을 앓은 게 아니었습니다.

회사에 들어가고 얼마 지나지 않아 비염 증세가

나타나기 시작했죠.

스트레스를 너무 받다보니 면역력이 약해졌던 것 같아요.

비염은 참 괴로운 병입니다.

항상 휴지를 가지고 다녀야 하고, 코도 자주 헐죠.

가장 괴로운 건 주위 사람들의 반응이에요.

"코 좀 그만 풀어라. 너무한 거 아니냐."

"일부러 더 그러는 거 같다."

"회의하는데 참아야지. 어떻게 코를 풀 수가 있냐."

정말 셀 수도 없습니다.

그런데 말이죠. 회사 전무님이 비염이 진짜 심했는데,

그 분한테는 아무도 뭐라고 하지 않더라고요.

COMMENT

비염 때문이 아니라 하급자고 만만하니까 비염을 핑계로 함부로 대한 거네요. 비염인들이여, 같이 분노하십시오. 사람들 앞에서 비염이 있다고 말하는 걸 부끄러워하지 맙시다.

ID_못참겠다꾀꼬리

저는 맞춤법 틀리는 걸 보면 참을 수가 없는 병이 있습니다.

문자메시지나 대화 중에 잘못 쓴 단어는

바로바로 고쳐줘야 직성이 풀려요.

사실 저도 잘못 사용하는 말은 많아요.

그런데 남이 잘못 쓰고 있으면 고쳐주고 싶더라고요.

이것 때문에 연애 때 신랑과 헤어질 뻔 했다니까요.

COMMENT

잘못됐다고 알려줄 때, "아, 그렇군요. 미안합니다" 하면 깔끔한데 "뭘 이런 걸 가지고 지적이냐" 하면서 싸우게 되죠. 인정을 잘 못 하는 병도 많이들 앓고 계신 고질병이 아닐까 싶네요. 근데 솔직히 쉽지가 않아요. 잘못을 인정하는 것도, 맞춤법도.

ID_일어나

늦잠자는 병, 게으름 피우는 병.

고칠 수만 있다면 고치고 싶어요.

COMMENT

저도 소망이 있다면, 밤에 자고 아침에 일어나는 습관을 가지고 싶습니다. 일찍 자고 새벽에 일어나서 해도 되는데 괜히 꾸물꾸물하며 붙들고 있다가 새벽까지 일을 하거든요. 시동이 늦게 걸려서

기도 하지만 사실 빨리 하면 할 수 있는데 말이죠. 그래서 초저녁에 자고 새벽에 일찍 일어나 일을 해보기도 했는데 특별히 더 생산성이 있지 않더라고요. 피곤하긴 매한가지고요. 그리고 이건 평소에 하는 생각인데, 우리에겐 잠잘 시간이 좀 더 많이 필요한 것 같아요. 잠과 휴식에 인색해지지 맙시다.

ID_귀차니즘

저의 고질병은 귀차니즘입니다.

주말에 집에서만 보내지 말자고 늘 다짐하는데

귀차니즘 때문에 포기하고 배달음식과

티비시청으로 하루를 보내곤 하죠.

그럼 저녁 8시쯤에 후회와 자괴감이 밀려오더라고요.

COMMENT

꿈같은 하루 같은데요? 주말마다 반복돼서 그런가요? 무언가를 하고 싶은데 못해서 아쉬운 게 아니라면, 그런 주말도 괜찮지 않을까요?

ID_발이달렸니

제 고질병은 물건을 제자리에 두지 않는 겁니다.

물건을 못 찾아서 새로 사기도 해요.

그래서 머리끈이랑 빗이 너무 많네요.

정리를 해야겠다. 생각하자마자 벌써 머리가

지끈지끈거리는 중증입니다.

COMMENT

많은 사람들이 앓고 있는 병일 거 같은데, 그거 아마 불치병이죠. 제자리에 두지 않는 것만이 아니라, 그 와중에 잃어버리고 새로 사고 또 쌓아놓고… (왜 잘 아는 걸까요?) 사실은 저도 올해 물건을 싹 정리했어요. 그리고 새로운 책상을 들였죠. 그런데 어느 날 보니 새로운 잡동사니와 함께 새롭게 어지러워져 있더라고요. 작년에도 비슷한 광경을 본 거 같은 느낌적인 느낌. 이런 방법은 어떨까요? 물건을 아예 제자리를 두지 않는 방법, 그리고 애당초 물건을 두지 않는 방법.

어쩐지 다 남일 같지 않은

저마다의 고질병

ID_금사빠

저는 금방 사랑에 빠지고 너무 급하게

식어버리는 마음을 갖고 있어요.

진득하게 오래 사람을 만나본 적이 없네요.

어쩌면 진지하고 깊은 관계를 맺는 데

두려움을 갖고 있는 거 같아요.

COMMENT

사람 마음이 참 신기해요. 어떨 때는 아무리 어려운 상황이어도 안 변하는데, 또 어떨 땐 아주 사소한 걸로 바뀌기도 하니까요. 7년을 사귄 연인이 있었는데, 어느 날 밥 먹는 모습이 메뚜기처럼 보였대요. 특별한 계기가 있었던 게 아닌데도 그날로 헤어졌다고 하더라고요. 그런데 금세 사랑에 빠지는 게 나쁜 건가요? 또 사랑에 빠지면 되죠.

각자의 고질병에 대해 들어보니 어쩐지 다 남일 같지가 않다. 모두에게 조금씩은 그런 모습이나 증상이 있는 것 같다. 그렇다. 우리는 서로 조금씩 조금씩 비슷한 사람들. 다들 그렇게 견디고 극복하며 살아가고 있다. 자신이 특별히 잘났다는 생각은 말리지 않겠다. 하지만 적어도 자신이 특별히 못나거나 불행하다는 생각에서는 벗어날 수 있었으면 좋겠다.

극혐주의

여름철이 되어서 그런지, 피부에 자꾸 뾰루지가 나서 인터넷 검색을 해보던 김보통 씨는 "신박한 치료 후기"라는 제목의 글을 발견한다. 클릭을 하려던 찰나 눈에 들어온 것은 제목 옆에 적혀 있는 "극.혐.주.의." 옆에서 같이 지켜보던 친구의 만류에도 과감하게 클릭을 해본 김보통 씨는 깜짝 놀란다. 지나치리만큼 확대된 모공 사진에 공포심마저 느꼈던 것이다. 덕분에 '극혐'이라는 단어는 김보통 씨에게 아주 강렬한 인상을 남겼다.

그러던 어느 날, 카페에 갔다가 미처 뒤에 줄 서 있는 사람을 보지 못한 김보통 씨는 본의 아니게 새치기를 한 사람이 되고 만다.

손님 1 "저기요? 여기 줄 선 거 안 보이세요?"

김보통 앗, 죄송해요. 제가 딴 생각 좀 하다가 그만…

사과를 하고 뒤쪽으로 자리를 옮기는데 뒤에서 나누는 이야기를 듣고 만 김보통 씨.

손님 2 저 사람 새치기하다가 딱 걸렸네. 멀쩡하게 생겨가지고 진짜 극혐이다. 극혐!

김보통 저기요. 제가 착각하고 새치기한 건 정말 죄송한데요. 그래도 극혐이라니요. 말이 너무 심한 거 아닌가요?

극혐. "극도로 혐오한다"는 말을 줄여서 극혐이라고 한다. '혐오'라는 말 자체도 함부로 쓰기가 어려운데, 거기다 '극'이

"저기욧! 여기 줄 선 거 안보이세요?"

"새치기하다 딱 걸렸네. 멀쩡하게
생겨 가지고 진짜 극혐이다, 극혐!"

라니. 떠올리는 것만으로도 무지 세다. 웬만한 경우에는 절대로 쓸 수 없을 것 같다. 하지만 청소년들 사이에서 '극혐'이라는 말은 비속어가 아니다. 친구가 장난을 쳤을 때, 놀리고 싶을 때, 그냥 감탄사를 쓰고 싶을 때도 "극혐"이라고 외친다.

하지만 어떻게 사용하든 '극혐'이라는 말을 일상적으로 주고받는 풍경은 어딘가 섬뜩한 기분이 든다. 최근 우리 사회에서 점점 커져가는 '혐오' 문제를 떠올려보면 더욱 그렇다. 아이들이 놀이처럼 주고받는 말에 너무 진지한 거 아니냐고 물을 수도 있겠다. 하지만 뒤집어 생각해보면 재미있다고 쉽게 사용하는 무서운 말이라 더 위험하다.

차라리 대놓고 심한 말을 하면 비난을 받고 알아서 거를 수 있다. 그런데 농담이나 재미가 섞이면 판단하기가 모호해지면서 확산은 더 빨라진다. 혹여 민감한 사람이 "이건 혐오 발언"이라고 지적하면 웃자고 한 이야기를 진지하게 받아들이는 '진지충'이 될 수 있다. 그런 위험을 무릅쓰고 지금부터 "극혐"에 대해 진지하게 고민해보려 한다.

혐오를 쉽게 말할 때 생길 수 있는 것들

혐오는 '싫어할 혐嫌'과 '미워할 오惡' 이 두 개의 한자로 이루어진 낱말이다. 부정적인 감정이 두 번 더해진 혐오는 '증오'에 가까워진다. 이런 혐오는 보통 자신보다 약한 사람에게로 향하며 쉽게 폭력으로 변한다는 특징을 지니고 있다.

예를 들어, 한국 사람인데 김치를 못 먹는 것을 이해하지 못하는 사람이 있다고 가정해보자. "난 한국 사람이 김치를 못 먹는 것을 이해할 수 없어"라고 말할 수는 있지만, 그 감정이 커져서 '극혐'이라고 외치고 싶어진다. 혐오 발언이다. 그런데 이 혐오 발언에 하나둘 동조하는 사람이 생겨나면서 힘이 커지면 "넌 왜 김치를 못 먹어? 넌 한국 사람이 아니야"처럼 특정한 사람이나 집단에 대한 탄압으로 이어질 수 있다. 혐오 발언 자체가 폭력의 시작점이 될 수 있는 것이다. 아무리 놀이처럼 사용하는 것이라고 해도, '혐오', '극혐'이라는 말을 문제의식 없이 그냥 지나쳐서는 안 되는 이유다.

ID_취향존중

지나가다가 발가락 양말에 샌들을 신은 아저씨를 본 적이 있는데,

친구들이 큰 소리로 놀리듯 이야기를 하더라고요.
우리한테 피해준 것도 없고 그냥 취향일 뿐인데,
말하지는 못했지만 기분이 이상했어요.

학창시절, 어른에게서 "넌 옷차림이 그게 뭐니?"라는 지적을 들었던 적이 있다. 알지도 못하는 사이에 나보다 나이가 많다는 이유만으로 그런 지적을 한다는 게 무척 기분 나빴던 기억이 난다. 동년배 사이에서도 마찬가지다. 이 경우 억압하려는 의도보다는 그저 친구들 사이의 재밋거리였을 것이다. 그러나 그 사람에게 무안을 주려는 의도가 전혀 없었다고 말할 수 있을까.

최근 어떤 취미 하나에 꽂혀 오랜만에 인터넷 동호회 카페에 가입을 하게 되었다. 요즘은 기본적으로 바로 반말로 대화를 시작하는 것에 놀랐다. 거기까지는 신선하고 오히려 좋다는 생각도 들었는데 문제는 그 다음이었다. 누군가 게시판에 올린 글에 너무 초보적인 질문이 있었던 모양이다. 그러자 순식간에 "검색도 안 해보고 글 쓰지 마라", "날로 먹으려는 쓰레기들이 많다"와 같은 댓글들이 달렸다.

공지사항과 자주 묻는 질문에 다 적혀 있는 내용인데 확인하지 않고 글을 썼다는 게 이유였다. 정해놓은 규칙을 지키지 않아서 기분이 나쁠 수는 있지만 실수할 수 있는 일에 가차 없이 비난이 날아오는 것은 조금 당황스러운 일이었다.

지켜보니 모르거나 잘못하면 바로 욕먹는 게 요즘 인터넷 문화의 기본값이 된 듯했다. 비록 얼굴을 대면하지는 않지만, 인터넷 게시판 너머에도 사람이 있다는 사실. 근래의 인터넷 문화는 그것을 아예 신경 쓰지 않는 듯하다. 악플을 읽는 사람이 느끼는 감정보다는 재미가 최고의 가치로 여겨지는 듯도 하다. 그런 인터넷 문화가 현실로도 고스란히 이어지고 있다는 느낌은 착각일까?

파이터들의 세상에서

"SNS는 인생의 낭비"라는 축구 감독 퍼거슨의 말이 자주 인용된다. 더 다양한 사람들과 만나고 소통할 수 있는 장점이 분명히 있다고 생각하지만, 교황님이 "인류에게 평화를"이라는 트윗을 올려도 그 밑에 욕이 가득한 댓글들이 달리는 것을 보면 아찔하다. 아무리 조심스럽게 글을 써도 어떻게든 꼬

“인류에게 평화를”이라고 올린

교황님의 트윗에도 악플이 달리는 아찔한 세상

투리를 잡아 욕할 수 있고, 그것이 재미가 되는 세계. 그게 싫다면 본인이 SNS를 하지 않는 것이 아마 가장 간편한 방법일 것이다. 하지만 그렇게 한다고 해도 완벽하게 다른 세상을 살 수 있을까?

세계를 주무르는 거대한 나라의 대통령이 연일 자극적인 발언을 쏟아내고 있다. 우리 편 남의 편을 가르고, 거슬리는 남의 편에 대해서는 혐오 발언도 서슴지 않는다. 미디어는 앞다투어 그런 발언을 전하고, 지지자들은 열광한다. 누가누가 혐오 발언을 더 강하게 하는가가 곧 메시지의 영향력이 되고 있다. 결국 진짜 파이터들만 남고 나머지는 대열에서 빠져 각자 내적 평화를 찾는 게 전 지구적인 현상인 듯하다. 우리가 진짜로 토론도 하고 의견을 나눠야 하는 부분조차 피로하게 느껴진다.

그럼에도 불구하고 모른 척 할 수 없는 이유는 분명하다. 이런 분위기에 휩쓸려가다 보면 언젠가 우리도 피해를 볼 수밖에 없기 때문이다. 사회가 표현의 자유를 억압할 수 있는가를 놓고 나라마다 의견이 다르다. 유럽에서는 혐오 표현에 대해서 강력하게 제재하고 있다. 동성애를 비난하는 유인물만 나눠줘도 벌금을 물린다. 미국에서는 표현의 자유를 좀 더 중시하는 입장이다. 혐오 발언만으로 소수자가 피해를 입었다는 구체적이고 실질적인 증거가 없다는 것이다.

우리나라는 어떨까? 외국인과 장애인 등 각종 소수자들에 대한 혐오 발언은 물론이고 남혐, 여혐까지 횡행하면서 혐오 발언에 대한 문제의식이 커져가고 있다. 쉽지는 않겠지만 점차 기준과 합의가 생길 것이다. 혐오 발언을 하는 사람들에게 입을 다물게 하는 것도 중요하지만, 그보다 근본적으로 차별을 없애고 소수자 배제를 없애려는 노력들이 필요하다. 그때까지 재밌어 보이고 많이들 쓴다는 이유로 아무 말이나 함부로 주워서 쓰지 않는 것이 개인이 할 수 있는 최소한의 노력이 아닐까?

싫어증

토요일 오후, 모처럼 늦잠을 잔 김보통 씨는 아직 이불 속이다. 잠에서 깬 지는 한참이 지났다. 배도 고프고 좀 씻기도 해야 하는데 그럴 기운이 없다. 이따 저녁엔 친구들과 오랜만에 만나기로 했는데, 그것마저도 귀찮고 버겁게 느껴진다.

"갑자기 급한 일이 생겨서. 미안. 다음에 보자."

결국 약속을 취소하는 톡을 보낸 김보통 씨는 다시 침대에 눕는다. 졸린 건 아니지만 다시 눈을 감는다. 잘 때는 생각도 안 하게 되니 좋다.

저녁이 되어 다시 눈을 떴을 때, 그래도 오랜만인데 '약속에 나갈 걸 그랬나' 하는 후회가 밀려온다. 한 것도 없는데 시간은 잘도 가고, 이러다 또 금방 출근할 생각을 하니 가슴이 답답해진다.

'왜 이렇게 기운이 안 생길까. 언제까지 이럴 거야, 정말.'

"하기 싫어"라는 말을 마지막으로 입 밖으로 내본 게 언제일까? 어릴 때는 별로 생각하지도 않고 쉽게 "싫다"고 말했던 것 같다. 하지만 언젠가부터 그러지 않았다. 무책임해 보이지 않을까, 상대가 기분 나빠하지 않을까 고민하다가 그냥 속으로 삼킬 때가 많아졌다. 그렇게 꾹 참고 지내다보니 모든 게 다 싫고, 그저 쉬고만 싶은 무기력증이 찾아왔다. 알고 보니 그런 사람이 한둘이 아니었나 보다. '싫어증'이라는 이름이 생긴 걸 보면 말이다.

'싫어증'이라고 하면 누군가는 '게으른 사람', '의욕이 없는 사람'을 떠올릴지도 모르겠다. 하지만 평소에 아주 성실하게 일을 잘하는 사람도 사실 싫어증을 앓고 있는 경우가 많다. 결국은 꾸역꾸역 모든 일을 해내고 나서도…

“하기 싫어”

X이론? Y이론?

노동이론에서는 일하는 거 좋아한다고 X이론, 일하는 거 싫어한다고 Y이론 같은 게 있긴 한데…

노동에 관한 오래된 연구 중에 "X이론 · Y이론"이라는 게 있다. 미국의 심리학자인 D. 맥그레거가 경영자들이 인간 본성에 대해 어떻게 바라보는지를 연구한 내용이다. 맥그레거는 처음에 X이론을 주장했다. "인간은 선천적으로 일을 싫어하며, 가능한 한 일을 하지 않고 지냈으면 한다. 그렇기 때문에 기업이 목표를 달성하기 위해서는 통제와 명령, 상과 벌로 노동자를 독려해야 한다"는 게 주요 내용이다.

맥그레거는 곧 이것이 낡은 인간관이라고 비판하며 Y이론을 주장한다. "인간은 오락이나 휴식과 마찬가지로 일에도 몸과 마음을 바치는 것을 좋아한다. 상이나 벌 때문이 아니어도 인간은 스스로의 목표를 위해 최선을 다하려고 한다"는 것이다. 한 명의 학자가 이렇게 다른 주장을 하다니 당황스럽다가도 나는 어떤 사람인지를 떠올려보니 쉽게 답이 나오지 않는다. 일하지 않고 놀기만 했으면 좋겠다 싶다가도, 하고 싶은 일에 몸과 마음을 바쳐서 무언가를 해냈을 때의 성취감을 평생 포기하기는 어렵겠다 싶은 것이다.

어쩌면 인간은 원래 이렇게 평생 X이론과 Y이론 사이를 오가는 것인지 모른다. '싫어증'도 그 사이 어디쯤에서 나타나는 일시적인 현상으로 설명할 수도 있다. 하지만 우리나라는 일하는 시간 부문에서 세계 1, 2위를 다툰다. 인간관계에도 많은 에너지를 쓰게 되는 구조다. 그에 비하면 개인적인 시간은 아주 적다.

배터리를 떠올려보자. 배터리를 오래 쓰는 방법은 충전을 잘 하는 것이다. 찔끔찔끔 충전을 하기보다 충분히 가득 충전을 해야 쉽게 닳지 않는다고 한다.

지금 우리는 어떤 모습일까? 가득 충전하기는커녕 그때그때 쓸 만큼도 충전하는 것이 부족해서 늘 급급하다. 허겁지겁 충전해 다시 쓰고, 또 조금 충전해서 다시 쓰기를 반복하고 있으니 번아웃, 완전히 타서 아무것도 할 수 없는 상태가 되는 것이 하나도 이상하지 않다.

아이고, 의미 있다

싫어증, 번아웃과 같은 맥락에서 생각해볼 수 있는 또 하나의 현상은 '무민세대'의 등장이다. '무민'이란 단어가 익숙하다면 핀란드의 작가 토베 얀손이 쓴 동화책 주인공을 알고 있기 때문일 것이다. 하마를 닮았지만 실은 북유럽 신화 속 트롤에서 따왔다는 이 캐릭터는 많은 사람들의 사랑을 받고 있다. 하지만 '무민세대'는 이 무민과 관련이 없다. 없을 무 '無'에 의미를 뜻하는 영어 단어 'mean'을 더해, '의미 없음'을 추구하는 젊은 세대를 가리킨다고 한다. "아이고, 의미 없다"는 유행어와도 연결된다.

기성세대들은 삶의 의미를 중요하게 여겼다. 목표를 이루고, 집안을 일으키고, 부든 명예든 뭔가를 얻어야 의미 있는 삶이라고 생각했다. 하지만 지금의 젊은 세대는 언제 얻을 수 있을지 모르는 의미보다 지금 이 순간의 행복을 더 소중하게 여긴다. 그게 설사 의미 없는 것처럼 보일지라도 나만 좋다면 기꺼이 선택한다.

그런 무민세대를 향해 일부 기성세대는 나약하다거나 부족한 게 없어서 그렇다는 부정적인 시선을 보낸다. 하지만 무민세대는 그런 반응에 관심이 없다. 신경 쓸 여유도 없다. 무민 세대의 가장 선배격인 80년대생 김보통 씨의 삶을 떠올려 보자.

어릴 때부터 열심히 공부해서 좋은 대학에 가야 성공한다는 말을 듣고 자라던 와중에 1997년 IMF 외환위기를 경험한다. 성실하게 살던 부모와 친척들이 하루아침에 주저앉는 걸 목격한다. 혼란스럽지만 그래도 딱히 다른 대안이 없으니 좋은 대학에 가기 위해 열심히 공부한다. 어찌어찌 꽤 괜찮은 대학에 입학했는데 졸업 즈음 경기가 점점 더 안 좋아지면서 취업이 어려워진다. 정규직은 물론이고, 인턴, 계약직, 파견직도 경쟁이 치열하다. 그 와중에 집값은 오르고 올라 부모 도움 없이 내 집을 가지려면 짧아도 십수 년, 길면 수십 년을 모아야 한다.

이런 상황을 직접 경험하거나 그런 언니, 오빠, 형, 누나의 모습을 지켜보며 자란 세대에게 "이것만 참고 견디면 좋아진다"는 말이 통할 리 없다. 그런 말을 악용해 이들의 열정을 헐값이 사들인 사람들마저 있어 왔기 때문에, 기성세대들이 말하는 것을 더욱 적극적으로 거부한다.

실패와 좌절에 익숙해지다 보니 '의미 같은 거 찾지 말고

충전이 필요해
AED

그냥 즐기자'는 마음을 갖게 된 것이다. 누군가는 무민세대를 이렇게 분석한다. 하지만 그것으로는 설명이 좀 부족한 것 같다. 이건 어떨까. "당신들은 그런 의미를 추구하며 살았겠지만, 우리는 기존의 관습과 법칙을 깨부수고 아예 다른 세상을 살 거야."

앞서 동화책의 주인공 무민을 잠깐 이야기했는데, 이 동화시리즈에는 무민의 가족이야기도 등장한다. 그중에 무민의 엄마는 늘 검은색 가방을 들고 다닌다. 이유는 언제든 떠나기 위해서. 실제로 떠나는 것은 중요하지 않다. 언제든 떠날 수 있다는 마음가짐, 그런 희망이 주는 '즐거움'이 귀찮아도 가방을 들고 다니는 이유일 것이다. 그것만으로도 충분히 의미 있지 않은가.

휴가가 필요해

한국에서 생활하고 있는 외국인들이 모여서 이야기를 나누는 한 TV프로그램에서 휴가에 대해 이야기를 나눈 적이 있다. 프랑스 사람이 "우리나라는 한 달씩 여름휴가를 간다"고

하자 진행자가 왜 그렇게 길게 가는지 그 이유를 물었다. 그러자 프랑스 사람이 한 대답은 "너무 더우니까"였다.

너무 더워서.

그래, 생각해보면 그것만으로도 충분히 이유가 된다. 밤새 열대야에 시달리고 아침 일찍 출근하면서 얼마나 괴로웠던가. 복날마다 먹고 힘내자며 부지런히 삼계탕을 찾아다녔지만, 사실 제일 좋은 보약은 쉬는 것이다. 그런데 우리는 쉬기 위해서 많은 이유를 만들어야 한다. 주어진 휴가를 쓰는 데도 눈치를 봐야 하니. 좀 괜찮은 회사에서는 15년, 20년쯤 일하면 근속휴가를 주기도 하지만… 뭔가 허전하다고 느낄 수밖에 없는 현실이다. 너무 더워서, 추워서, 그냥 쉬고 싶어서 휴가를 떠날 수 있다면 삶의 질이 얼마나 좋아질까.

그런 방향으로 나아가고 있다고 믿지만 당장에 쉽게 이루어지지는 않을 것이다. 그때까지 우리는 커피 한 잔으로 잠깐의 휴식을 주고, 짬을 내 여행을 떠나고, 작은 목표들로 성취감을 얻는 것과 같은 노력들로 무기력에서 벗어날 것이다. 어쩌면 휴식의 길이보다 중요한 것은 나에게 기꺼이 휴식을 주려는 마음일지도 모른다. 무민 엄마의 가방처럼.

투명한 바다 같은 꿈을 꾸고서

문득 내뱉었지 "내겐 휴가가 필요해"

항상 그런 거라고 달래도 늘 그때뿐

마치 나 중요한 그 무언가를 잃어버린 듯

초라해 보여 답답해 정말

어떡해야 해 이게 뭐야

투명한 바다 같은 꿈을 꾸고서

문득 내뱉었지 "내겐 휴가가 필요해"

좋아 단 하루만 더 참기로 해(괜찮을까)

맞아, 나 중요한 그 무언가를 잃어버렸지

초라해 보여 답답해 정말

어떡해야 해 이게 뭐야

투명한 바다 같은 꿈을 꾸고서

문득 내뱉었지 "내겐 휴가가 필요해"

투명한 바다 같은 꿈을 꾸고서

문득 내뱉었지 "내겐 휴가가 필요해"

— '한희정'의 노래, 〈휴가가 필요해〉

우리 그냥
사랑하게 해주세요

김보통 안녕하세요. 저는 토목공학과 02학번 김보통입니다.

첫사랑 네, 저는 국어국문학과 02학번 이은정이에요.
미팅이 처음이라 너무 떨리네요.

김보통 씨의 첫 연애는 이렇게 시작됐습니다.
입시 준비를 하면서 꾹꾹 눌러왔던 마음은

대학에 입학하자마자 폭발했고, 몇 번의 미팅 끝에 드디어
서로 마음이 통하는 사람을 만나게 됐죠.
그렇게 1년쯤 참 알콩달콩한 연애를 했습니다.
그런데 연애를 시작할 때 그랬던 것처럼 이별 역시
어느 날 갑자기, 찾아왔습니다.

첫사랑 오래 고민했는데, 우린 이쯤에서 헤어지는 게 맞을 거 같아. 나 이제 취업 준비도 해야 되는데, 솔직히 군대 갔다 올 때까지 기다릴 자신도 없고… 무엇보다 이렇게 연애할 때가 아닌 거 같아.

그때는 그냥 다 헤어지기 위한 핑계일 뿐이라고 김보통 씨는
생각했습니다. 거의 매일 취하도록 술을 마셨고,
"사랑이 어떻게 변하니"를 수도 없이 외치다가 군대에 갔죠.
2년 후, 절대로 오지 않을 것 같은 제대 날이 찾아왔고
복학을 할 때는 다들 그렇듯 뭔가 새로운 인생을
시작할 수 있을 것만 같은 기분이 들었습니다.
공부도 열심히 하고, 연애도 다시 해봐야지, 의욕 충만했죠.
김보통 씨는 그 두 가지를 다 노리며 취업 스터디에 들어갔습니다.
그런데…

썸 다음주 스터디 범위는 한국사 2단원이고요. 오늘 지각하신 분들 벌금 5천 원씩 내세요.

김보통 제가 또 지각을 했네요. 우리 스터디 친목 도모에 본의 아니게 큰 기여를 하겠어요. 하하하

썸 죄송하지만 보통 씨는 한 번 더 지각하시면 강제로 탈퇴처리 할 수밖에 없을 거 같아요. 안타깝지만 단체 생활이고, 다들 그런 여유를 가지면서 공부할 수는 없는 거니까요. 이해해주실 거라고 생각해요. 그럼 다음 주에 뵙겠습니다.

김보통 씨는 문득 옛 기억이 떠올랐습니다.
첫 연애가 끝날 때 들었던 "지금은 연애를 할 때가 아니"라는 말이 새삼 가슴에 와닿았죠.

친구 너 거기 스터디에 맘에 드는 애 있다며. 어떻게 되어 가고 있냐?

김보통 뭘 어떻게 돼. 그냥 그런 거지. 지금 이 상황에 연애할 것도 아니고.

친구 왜? 상황이 어떤데?

김보통 청년 실업자가 100만 명이 넘는 시대야. 하고 싶은 거 다하면서 취업은 언제 하고. 그래, 취업한다고 치자. 20대 후반에 취업해서 전셋집이라도 얻으려면 몇 년을 꼬박 모아도 힘든데. 그 사이 나이는 먹고… 이런 거 저런 거 생각하면 상대한테 예의가 아닌 거 같아.

친구 에이, 너무 걱정이 많은 거 아냐? 결혼은 나중 일이고, 일단 지금은 그냥 순수하게 연애해도 되잖아.

김보통 순수하게 연애? 아니! 연애는 사치야…

15년 전, 한 시트콤에서 매사에 진지한 법학도가 늘 했던 대사가 있다. "2004년도 청년실업 40만인 이 시점에 우리가 이럴 일입니까?" 당시엔 그리 심각하게 생각하지 않아서 있지 그저 웃기기만 했다. 그런데 15년이 지난 지금, 40만이었던 청년실업자 수가 100만이 넘어가고 있다. 그런 시대를 살아가는 청년들에게 '연애'는 조금 더 어렵고 현실적인 문제가 되었다. "연애는 사치"라는 말에 전적으로 동의하는 것은 아니더라도, "무슨 그런 생각을 하냐"며 웃을 수 있을까.

연애에 있어서 취업은 실제로 큰 영향을 미치고 있는 듯하다. 최근 한 취업사이트에서 대학생, 취업준비생, 직장인 946명을 대상으로 설문조사를 했다. 그 결과 응답자의 74%가 "취업 준비로 인해 연인과 이별을 경험했거나 그런 이유로 연애를 포기할 의향이 있다"고 답했다고 한다. 또 이런 통계도 있다. 한국보건사회연구원의 조사에 따르면 취업을 한 사람보다 하지 않은 사람의 연애 비율이 여성은 5%, 남성은 9% 더 낮았다고 한다. 심지어 직업이나 연봉, 정규직과 비정규직 같은 조건들도 연애에 유의미한 영향을 미쳤다.

이런 통계에도 "에이, 연애가 취업에 방해가 된다면 얼마나 된다고…" 하는 사람이 있을 것 같다. 하지만 요즘의 취업 상황이라는 게 경쟁이 워낙 치열하기 때문에 먹고 자고 노는 시간을 다 포기하다 끝내 연애까지 포기하게 된다는 게 현장의 목소리다. 그러자 이번에는 "연애를 하면서 취업만 잘 하는 사람은 뭐냐"는 질문이 날아든다. 물론 취업과 연애 사이에 확실한 인과관계가 있다고 할 수는 없다. 연애를 포기한다고 해서 취업 확률이 더 높아진다는 결과는 없다. 그럼에도 심하게 좁은 취업이라는 문 앞에서 조금이라도 더 가능성을 순수하게 연애?

아니, 연애는 사치야!

높이고 싶은 마음에 연애라는 선택지를 버리게 되는 것이다. 간.절.하기 때문이다.

청춘이라고 해서 모두 연애를 하고 싶어 하는 것은 아닐지도 모른다. 그런데 왜 연애 좀 미루는 것 가지고 이렇게 호들갑이냐고? 인간이 살면서 경험할 수 있는 큰 행복 중에 하나가 연애다. 누가 정해둔 것은 아니지만 현실적으로 연애를 할 수 있는 시간, 살면서 그런 기회가 많이 주어지는 시기는 한정돼 있다. 그런데 바로 그 시기에 있는 사람들이 스스로를 검열하면서 연애를 포기하게 된다는 것이다. 사실 그 전에는 "결혼을 하지 않겠다"는 사람들이 많아지기 시작했다. 결혼하기도 어렵고, 돈도 많이 들고, 내 인생에도 도움이 안 될 것 같다는 사람들은 많았는데 그래도 연애는 하겠다고 했었다. 그런데 이제는 연애까지 포기하겠다고 하니 그 다음엔 또 무엇을 포기하게 될까. 그런 경각심을 가지고 이 문제를 바라보게 된다.

연애는 정말 사치?

연애를 사치라고 느끼게 만드는 것들은 무엇일까? 가장 먼저는 경제적인 이유일 것이다. 최저시급에 비해 등록금, 식비, 자취방 월세 등 생활을 유지하기 위한 비용은 다 너무 높다. 여기에 데이트를 하려면 추가적인 돈이 필요하다. 돈에 대한 부담을 가지고 데이트를 해야 한다는 것 자체가 벌써 스트레스다. 돈만큼은 아니지만 시간도 부담이다. 중고등학생 시절에는 대학에만 들어가면 개인적인 시간을 넉넉하게 쓸 수 있을 것이라 기대한다. 하지만 취업이 어려워지면서 대학 생활 역시 달라졌다.

전에는 3학년, 4학년 졸업반이 되었을 때부터 취업 준비에 몰두했다면 최근에는 1학년 때부터 바로 학점 관리와 취업 준비를 시작한다고 한다. 취업 준비에 집중하기에도 자꾸만 시간이 모자란다는 생각이 든다. 거기에 미래마저 불안하다. 취업도 어렵지만 어차피 취업을 해도 미래가 불안하긴 매한가지. 집값은 너무 비싸고, 부를 대물림하는 사회에서 아이를 낳는 것도 두렵다. 결혼에 대한 생각이 점점 희미해진다. 여성들의 경우에는 결혼과 출산을 통해 경력이 단절되는 것도 걱정이다. 이런 온갖 걱정들 속에서 포기하지 않겠다는 것이 사치로 느껴지는 것이다. 연애든 다른 무엇이든.

너무 지나치게 걱정하는 것 같다면 누군가의 일상을 따라가 보자. 너무 사랑하는 사람을 만나서 연애를 하고 있는 취업준비생 김보통 씨. 취업 준비로 바쁘지만 최소한의 데이트 비용을 충당하기 위해 아르바이트를 하고 있다. 아르바이트를 하면서 취업 준비에 쏟을 시간이 줄어드는 것을 느끼자 김보통 씨는 불안하다. 취업이 늦어지는 게 두 사람의 관계에도 위기가 될 수 있다는 걸 알고 있다. 그렇지만 연애는 지금 이 순간 김보통 씨를 행복하게 해준다. 당장 손에 잡히는 확실한 행복인 연애를 포기할 수 없지만, 그로 인해 취업과 미래에 지장이 생기는 것도 두려운 게 솔직한 심정이다. 이런 김보통 씨를 한심하게 볼 수도 있지만, 비교 대상이 될 수 없는 연애와 취업을 놓고 그중에 하나를 선택하게끔 몰아붙인 것은 사회다.

ID_현실주의자

연애는 사치죠.

제 몸 하나 건사하기도 힘든데 연애는 무슨…

연애도 마음의 여유가 있어야 하는 거 아닌가요?

ID_돼지저금통

돈이 많다고 무조건 행복할 순 없지만,

그래도 돈 없이 행복할 수 없다고 봅니다.

힘든 상황이어도 사랑에 빠지는 것은 어쩔 수 없을 거예요.

그렇더라도 돈이 없다면 결혼도 연애도 출산도 사치로

느껴지고 고민이 되겠죠.

ID_그래도사랑

연애를 해봐야 사람 보는 눈이 생기죠.

좋은 사람을 고르는 눈은 정말 체험에서 생기더라고요.

부딪쳐봐야 남도 이해하고요.

너, 나, 우리

사회가 엄청난 속도로 파편화되고 있다. 예전 20대들은 부모님이랑 같이 살지 않게 되는 경우, 친구들이랑 같이 자취나 하숙을 하고 아니면 기숙사에 사는 경우가 많았다. 요즘은 고시원이나 원룸에 혼자 사는 경우가 많다고 한다. 일터나 학교, 사회에서 생활은 같이 하지만, 저녁이 되면 뿔뿔이 흩어져 눈에 보이지 않는 곳으로 사라진다. 이게 뭐가 문제냐고? 서로 연대하기가 힘들다. 물론 휴대전화도 있고, 인터넷과 SNS도 있다. 하지만 그래서 더 문제일 수도 있다. 사실 다른 사람들과 물리적으로 격리가 되면 고립된 느낌이 들어서 다시 사람들을 찾아 밖으로 나가게 된다. 그런데 휴대전화와 인터넷, SNS는 방안에 혼자 있어도 사람들과 교류하고 있다는 느낌을 준다. 실생활에서 애써 사회적 관계를 유지할 필요를 못 느끼는 사람들이 나타나고 그 연장선으로 연애까지도 불필요하게 느끼는 사람들이 많아지고 있다고 한다.

굳이 필요를 느끼지 못한다면 할 말은 없다. 연애하고 싶은 마음은 있는데 현실 때문에 하지 못하는 게 문제지, 본인이 원치 않는다면 문제가 될 이유는 없다. 그러나 요즘 청년들을 '살코기 세대'라고 불린다는 사실에 멈칫하게 된다. 귀찮고 영양가 없는 관계는 피하고 꼭 필요한 관계만 맺는다는 뜻이라고 한다. 지독한 현실을 생각하면 합리적인 것 같으면서, 여전히 팍팍한 느낌을 지울 수 없다.

사실은 주어진 조건 안에서

최적의 선택을 하려는

짠내 나는 노력일 뿐이야

그거 아는지? 흔히 단백질 위주인 살코기가 몸에 좋다고 알려져 있지만, 살코기만 먹으면 통풍이라는 병에 걸리기 쉽다. 관절에 염증이 생기고 극심한 통증을 유발하는 병이다. 특수한 경우가 아니라면 지방도 적절하게 먹어줘야 몸에 이상이 없다.

'가성비', '가심비', '소확행' 같은 말들을 보고 있으면 실패에 대한 여지가 없는 사회를 살고 있다는 느낌이 든다. 아름답게 포장되어 있긴 하지만, 사실은 주어진 조건 안에서 최적의 선택을 하려는 짠내 나는 노력이다. 그런 상황에서 '사랑'이 과거보다 부담스러운 선택지가 된 것은 분명하다. 사랑을 하는 것 자체가 실패를 예정하고 있기 때문이다. 하지만 어쩌면 그래서 더 사랑이 필요한 것은 아닐까.

단지 연애만이 아니다. 연인이든 친구든 동료든 힘들 때 내 편이 되어 옆에 있어 주는 것만큼 든든한 게 없다. 그런 인연을 만들기 위해서는 많은 만남의 기회를 갖고, 실패를 하면서 보는 눈을 키우는 것이 필요하다. 경험이 항상 성공을 보장하는 건 아니지만 훨씬 더 많은 기회를 주기 때문에 결과적으로 성공을 더 유리하게 만드는 것은 사실이니까. 든든한 내 편을 만들고, 나도 누군가의 편이 되어 줄 수 있는 '사랑'을 너무 금방 포기하지는 말았으면 한다.

어젯밤엔 무슨 꿈을 꾸다 깼는지
놀란 마음을 쓸어내려야 했어요

손도 작은 내가 나를 달래고 나면
가끔은 눈물이 고여

무서워요 니가 없는 세상은
두려워요 혼자 걷는 이 밤은
바닷길에 그 어떤 숨은 보석도
내 눈물을 닦아줄 순 없죠

나는 그대의 아름다운 별이 되고 싶어요
날 이해해줘요

그대에게만 아름다운 꽃이 되고 싶어요
나를 불러줘요

널 비출 수 있게

— '우효'의 노래, 〈청춘〉

나를 지키는 법

무례하시네요,
정말

점심시간, 오늘도 부장님은 한 명씩 호구조사를 시작하십니다.

박 부장 "보통 씨가 몇 살이더라?"

김보통 서른 여섯입니다.

박 부장 어우, 벌써 서른 여섯이나 됐나?

아니 근데 결혼은 대체 언제 하려고 그래?

김보통 네… 뭐 좋은 인연이 나타나면 해야죠.

박 부장 뭐어? 아직도 여자 친구 안 생긴 거야?
아니, 이 사람. 겉만 멀쩡하고 실속이 없고만. 하하하.

네, 뭐 여기까지는 별로 기분 나쁘지 않았습니다. 본인이 기억을 잘 못해서 그렇지 전 이미 수도 없이 들었으니까요. 그런데 문제는 그 다음에 시작됐습니다.

박 부장 김보통 씨가 애인이 없어서 그런가. 어깨가 축 처졌어.
아니, 다들 너무한 거 아냐? 특히 윤 대리 혼자만 연애하지 말고.
어이, 박 과장. 최 차장! 김보통 씨도 소개 좀 해주고 그래, 어?

사무실이 쩌렁쩌렁 울릴 만큼 큰 소리라 저의 소개팅을 재촉하는 부장님. 정말이지 당장 회사를 관두고 싶었습니다. 하지만 부장님은 생각보다 더 집요했습니다. 요즘 가장 큰 관심사가 저인 것처럼 말이죠.

박 부장 윤 대리가 소개팅 해줬다며? 어떻게 됐어?

김보통 저… 제가 알아서…

박 부장 아이고, 딱 보니 잘 안 됐고만. 그러게 남자는 자신감이라니까. 그래 가지고 장가가겠어? 내가 말이야. 왕년에 미팅만 나갔다 하면 그냥 백 퍼센트! 어?

아니 부장님. 재밌는 일이나 다른 할 일 없으신가요? 저한테 왜 그러세요?
오지라퍼, 자랑이 아닙니다.

소개팅, 연애, 결혼 같은 지극히 개인적인 문제를 회사라는 굉장히 공적인 장소에서 그것도 아주 공개적으로 이야기할 때가 있다. 보통 점심시간이나 휴식시간에 하게 되는데, 대개는 누군가 한 명이 타깃이 되곤 한다. 그래도 하루 종일 같은 공간에서 지내는 사이인데, 관심이나 애정이 있으니 궁금해하는 거라고 말할 것이다. 하지만 막상 질문을 받는 당사자가 되면 어디까지 이야기를 해야 하는지 고민이 된다. 적당한 선을 넘어서서 집요하게 파고들어 질문하는 사람이 있기 때문이다. 그렇다고 입을 꾹 다물고 있으면 비밀스럽다, 벽이 있다고 한다. 단지 이야깃거리가 필요한 거면서 말이다.

하지만 돌아보면, 나 자신도 그런 불필요한 오지랖에서 자유롭지 못하다. 학창시절, 또래끼리 모여 있을 때 "둘이 잘 어울린다, 사귀어라, 사귀어라" 하며 엮어주려고 한 적이 있다. 두 사람 사이에 왠지 묘한 분위기가 느껴져서 그런 것도 있고, 또 주위에서 부추기는 게 재밌어서 동참했던 것 같기도 하다. 분명 나도 그런 당사자가 되어 불편했던 적이 있었는데, 다른 사람들에게로 향할 때는 별 생각이 없어진다. 아마 누구나 그렇게 양쪽을 다 경험해보지 않았을까 싶다. 때로는 불편하지만, 때로는 즐거워하면서 큰 문제의식 없이 지냈을 것이다.

"내가 오지랖이 좀 넓어서…", "나 오지라퍼잖아." 종종 자신을 이렇게 소개하는 걸 듣게 된다. 단점이라는 듯 말하지만 그렇다고 심각하게 생각하지는 않으니 할 수 있는 말이다. 오지랖은 윗도리에 입는 겉옷에서 앞자락을 뜻하는 말이다. 옷의 앞자락, 즉 오지랖이 넓으면 이리저리 움직일 때, 영향을 미치는 범위도 커진다. 물건을 흐트러뜨린다든지 옆사람의 움직임까지 불편하게 하는 일이 생긴다. 물론 넓은 오지랖을 잘 쓰면 다른 사람을 감싸줄 수도 있을 것이다. 하지만 오지랖이라는 건 애당초 마음대로 펄럭거릴 때가 많다. 도움을 주는 것보다 귀찮게 할 때가 더 많다는 것이다. 그러니 '오지랖이 넓다'는 말은 결코 좋은 뜻이 아니다.

"오지랖이 넓다"는 것을 그리 나쁘지 않게 받아들여 왔던 이유는 보통 '우리는 이렇게 스스럼없이 친하다'는 걸 확인하는 용도로 쓰여 왔기 때문이 아닐까 싶다. 다른 사람의 오지랖이 좀 불편해도 화를 내기 어려웠던 이유도 마찬가지. 정말 심각하게 선을 넘은 경우가 아니라면 대개는 화를 낸 사람이 쪼잔하게 된다. 김보통 씨의 연애에 무지막지하게 간섭하는 박 부장을 지켜보다가 "에이, 알아서 잘 하겠죠. 그만 신경 끄세요"라고 말해주는 동료가 더러는 있을지 모른다. 하지만 현실적으로는, "부장님이 보통 씨 연애하라 그러는 거지. 자식처럼 생각하나 봐. 오지랖이 좀 넓잖아" 같은 위로를 건네는 정도로 넘어가게 된다.

특히 부서원들의 연애나 결혼은 상사로서 관심을 가지는 게 당연한 미덕처럼 여겨지곤 한다. 그런데 아이러니한 것은, 그러면서 집에 일찍 보내주는 사람은 드물다는 것이다. 퇴근을 일찍 해야 사람도 만나고 인연도 생긴다. 더 기본적으로

'부장님, 그렇게 할 일이 없으신가요?
저한테 왜 그러세요…'

는 개인적인 시간이 좀 있어야 무언가를 해볼 마음이 생긴다. "젊을 때 연애를 해야 한다" 노래를 부르면서 야근하는 것은 나 몰라라 하고 그나마 일찍 퇴근할 수 있는 날에는 술 마시자며 끌고 간다. 회사 생활을 하면서 많이 본 풍경이 있다.

금요일이면 신입사원들의 눈은 유난히 반짝거린다. 오랜만에 친구들을 만나거나 놀러갈 생각에 부풀어 있는 게 보이는데, 그럴 때 나타나는 방해꾼들이 있다. "맥주 한 잔 하고 가자"며 나서는 팀장이나 부장. 어쩔 줄 몰라 하는 신입사원이 안쓰러워 선배 하나가 "에이, 부장님. 오늘 금요일인데 신입사원들 놀러가야죠" 하고 나서 본다. 하지만 돌아오는 대답은 이랬다. "이야, 막내들이 금요일날 따로 나가서 놀려고 하고. 나 때는 안 그랬는데 말이야."

ID_알아서할게요

저는 자발적 비혼자입니다.
그런데도 부장님은 저만 보시면 늘 "남자 좀 만나라"
"결혼은 무조건 해야 한다" 노래를 하세요.
대놓고 하지 마시라고 말하진 못하고, 회식할 때
슬쩍 부장님한테 물을 쏟거나 노래방 가서 술 취한 척 하고 취소버튼을 누르는 소심한 복수를 하고 있습니다.
제가 소심한 사람이라서요.

지극히 개인적인 일을 함부로 묻는 것 자체가 문제지만, 자신이 가진 가치관을 강요하는 것은 더 문제다. '결혼을 무조건 해야 한다'는 것 자체가 이제는 옛날 관념이 되어 버렸다. 기성세대들은 '연애는 곧 결혼, 결혼 다음에는 출산'이 당연한 공식이었을지 몰라도 요즘을 사는 젊은이들의 머릿속에는 결혼, 비혼, 동거 등등 다양한 선택지들이 들어 있다. 결혼은 그 경우의 수 중 하나일 뿐이고, 결혼을 하더라도 출산 역시 경우의 수 중 하나다. 이런 것조차 이해하려고 노력하지 않으면서 오지랖을 펄럭거리는 것은 부디 멈춰주시길.

관심 없는 관심, 애정 없는 애정

ID_교복

저희 부서는 여자 직원들이 많은데요.
출근하면 항상 오늘 입은 옷을 훑어보고 평을 할 때가 많아요.

"어울린다 안 어울린다"는 물론이고, "얼마짜리냐", "살을 더 빼야 한다" 같은 몸매 지적까지…
차라리 교복 입을 때가 좋았다는 생각까지 들어요.

● ID_이렇게까지해야겠니

저는 피부가 안 좋은 편이라, 늘 스트레스를 받는데요.
굳이 "얼굴 왜 그래?" 하는 사람이 정말 많아요.
본인은 한번 말하는 걸지 몰라도 저는 계속 들으니 너무 싫거든요.
그래서 어느 순간부터는 미리 말해요. "제 얼굴이 좀 썩었죠?"

흔히 누군가에게 "예쁘다"든지 "화장한 게 잘 어울린다"고 말하는 것을 잘못으로 여기지 않는다. 친근감의 표현이자 칭찬이니 무조건 좋다고 생각해서다. 그러나 다른 사람에게 외모로 평가를 받는 것은 불쾌한 일이다. 설사 좋은 평가라고 해도, 원치 않는 관심은 싫을 수 있다. 하물며 지적을 받는 것은 어떨까. 사람들의 지나친 관심과 무신경함에 대응하기 위해 자기비하까지 해야 하다니 슬프다.

ID_노필터

길에서 한 동네 사는 아이 엄마를 만났는데, 뜬금없이
제가 아이에게 입힌 옷 스타일이 유니크하다는 말을 하더라고요.
마치 '패션 테러리스트'라는 듯이요.
"그냥 보이는 대로 입히는 거죠"라고 하긴 했는데
기분이 안 좋았어요.
전혀 이상하다고 생각 안 했고, 설사 그렇다 해도 할 말은 아니잖아요.
집에 돌아와서도 뭐라고 얘기를 더 할 걸 그랬다는 생각이 들더라고요.
자꾸 반복되면 그냥 서서히 멀어지려고요.

ID_이제됐나요?

저만 보면 눈 동그랗게 뜨고 "왜 아기 안 가져요?"
물어보는 분이 있어요.
제가 나이도 있고, 일부러 안 가지는 게 아니다 보니
정말 속상하더라고요.
그러다 어느 날 또 그 분이 똑같이 묻는데
저도 모르게 "네, 안 주시네요"라고 답했죠.
그 후로 다시는 묻지 않으시더라고요.

옛날 어르신들이 하시던 말씀 중에 "이웃집 숟가락 숫자까지 안다"는 말이 있다. 그냥 스쳐 들으면 이웃끼리 아주 가깝게 지냈구나 싶지만, 나의 삶에 대입해보면… 지나치게 깊숙하다는 생각이 든다. 실제로 우리 사회는 세계적으로도 맥락을 굉장히 중시하는 문화라고 한다. 어떤 브랜드의 옷을 입는지, 아이한테는 어떤 옷을 입혔는지, 문화 센터는 어디를 다니는지 같은 것들로 그 사람을 판단하려고 한다는 것이다.

물론 서로의 사정을 아는 게 무조건 나쁜 것은 아니다. 그 사람이 혹시 끼니를 굶거나 곤란을 겪고 있지 않은지 살피고, 도움이 필요할 때 기꺼이 손을 내밀려 하는 것과 같은 다정한 관심도 존재한다. 하지만 '내가 저 사람보다 좀 더 우위에 있는 게 뭘까' 하는 마음이 실린 애정 없는 관심이 서로에게 많은 상처를 남기고 있다.

"사람들은 사랑과 관심과 미명이라는 충고하에 자신의 마음에 들지 않는 것을 가만히 두려하지 않는다."

권가야의 만화 《해와 달》에 나오는 문장이다. 생각해보면 진심 어린 관심과 배려는 말이나 참견으로 이루어지지 않는다. 소리 없이 묵묵하게 곁을 지켜주며 티 내지 않는다. 그렇지 않은 배려는 따지고 보면 자신의 마음에 들지 않는 것일

사랑과 관심이라는 이름으로

자신의 마음에 들지 않는 걸

강요하고 있지는 않나?

가능성이 높다.

"다 너를 아끼고 위해서"라는 말로 합리화하면서 말이다. 그 사람의 고통을 나누어 짐을 함께 지고 싶은 정도의 관심이 아니라면, 외면하는 것이 배려일 수 있다. 얄팍한 호기심을 관심이라고 스스로도 포장하는 것은 아닐까? 다른 사람에 대해 이야기하고 싶은 마음을 참지 못하는 것은 인격의 문제일 수 있다.

나는 내가 지킨다

"무례한 상황을 그냥 넘기지 말아야 한다", "무례한 사람에게 분명하게 의사 표현을 해야 한다"라고 말하기는 쉽다. 하지만 막상 그런 일이 생겼을 때, 마음먹은 대로 대처하기는 생각보다 어렵다. 자존감이 낮아서 우물쭈물하는 것을 떠올리게 되지만, 자존감과 관계없이 상황상 의사표현을 하기 애매할 때도 많다.

상명하복식 군대문화가 조직의 자랑스러운 전통으로 포장되는 회사라면, 이의를 제기하는 것만으로 많은 사람을 적으로 삼아야 한다. 숨 쉬듯 농담을 하는 상사가 있는데 그 농담이 무례할 때가 많은 경우 '다음엔 꼭 바로 딱 쏴붙여야 하지' 라고 생각해도 막상 그 상황이 닥치면 그냥 지나가 버릴 때가 많다. 뒤늦게 얘기하면 왜 이제야 얘기하냐, 설마 여태 꿍해 있었던 거냐는 소리를 들을 수 있다.

적절한 대응을 할 수 있는 기회는 언젠가 올 것이다. 무리해서 용기를 낼 필요는 없다. 다만 마음속에 무례함에 대한 기준은 어느 정도 분명하게 세워두는 것이 좋지 않을까 싶다.

"외모나 출신처럼 바꿀 수 없는 것에 대해 지적을 하는 것은 무례한 것이다"라든지, "처음 만나서 나이나 가족 관계 같은 사적인 정보는 묻는 것은 삼가자"는 자기 기준도 좋다.

에단 호크와 줄리 델피 주연의 영화 〈비포 선라이즈〉에서 두 사람은 우연히 기차에서 만나 이야기를 나눈다. 그리고 서로 끌림을 느낀 두 사람은 함께 여행을 하면서 감정을 나눈다. 그때 만약 두 사람의 대화 내용이 어느 동네에 사는지, 집은 몇 평인지, 대학과 전공은 무엇인지 같은 것들이었다면 어땠을까? 멋진 만남과 멋진 순간을 원한다면 우리의 관심과 질문이 달라져야 할 것이다.

밥상 뒤엎는 대발이 아버지,
밥 잘 사주는 예쁜 누나

어렸을 때부터 알고 지낸 누나가 있다. 제2의 가족이라고 할 만큼 가까운 사이로 친누나의 친구이기도 한 누나다. 그런데 어른이 되어서 다시 보니 그 누나가 자꾸 여자로 보인다. 정신적으로 기댈 수 있는 성숙함도 있고, 경제적으로도 여유가 있어서 밥도 잘 사준다. 꼭 그래서 좋아하는 건 아니다. 예쁘고 착하고 아무튼 좋다. 드라마 〈밥 잘 사주는 예쁜 누나〉 속 이야기다.

이 드라마는 연인들의 사랑을 다룬 여느 드라마와 크게 다르지 않다. 조금 다른 게 있다면 주인공이 연상연하 커플이라는 점? 하지만 연상연하 커플이 등장하는 드라마는 그동안 꽤 많았다. 그런데 제목부터 '누나'를 내세워서일까. 기존의 신데렐라 이야기식 드라마가 많았다면 이제는 그런 구조가 역전된 현실이 반영된 드라마가 등장했다는 평을 얻었다.

드라마는 사람들이 원하는 판타지를 그린다는 이야기가 있다. 하지만 한편으로는 현실이 반영되지 않는 드라마는 사람들의 공감을 얻지 못한다. 그런 의미에서 과거부터 지금까지 드라마 속 남성상과 여성상이 어떻게 변해왔는지, 어떤 식으로 현실을 반영해왔는지 궁금해졌다. 가끔 TV에서 오래 전 드라마를 다시 보여줄 때가 있는데 당시에는 별 생각 없이 아주 재미있게 봤던 드라마도 요즘 다시 보면 '저런 이야기가 많은 사람들에게 사랑을 받았다고?' 하고 놀라게 되기도 한다.

〈사랑이 뭐길래〉의 가부장적인 캐릭터와

〈밥 잘 사주는 예쁜 누나〉의 현실 반영 캐릭터

드라마 속 남자들 편

#드라마 **사랑이 뭐길래** 1991.11.23. ~ 1992.05.31.

서울이지만 한옥의 모습이 그대로 남아 있는 양옥집. 바로 대발이네 집이다. 이 드라마의 남자 주인공 대발이(최민수)는 소아과 레지던트로 무려 '남성 우월주의자'라는 소개글을 달고 있다. 그리고 배경에는 전형적인 가부장의 모습을 지닌 아버지(이순재)와 순종적인 어머니(김혜자)가 있다.

1990년 초반이면 당시에도 서울에서 3대가 함께 모여 사는 집은 그렇게 흔하지는 않았을 것이다. 아버지가 소리를 지르든 밥상을 뒤엎든 쩔쩔 매기만 하는 어머니의 모습도 요즘 우리에게 그렇게 익숙한 풍경이 아니다. 아들 대발이는 결혼할 여자(하희라)에게 당연히 집에 들어와서 부모님을 모시고 같이 살아야 한다고 말한다. 3대가 함께 모여 사는 가부장적인 집에서 손주 며느리의 험난한 적응이 예상되는 상황.

그런데 뜻밖에도 이 신세대 며느리가 집안 분위기를 바꾼다. 평생을 가부장제도 속에서 순응하며 살아온 시어머니가 아버지의 뜻에 반기를 들기 시작하고 가출까지 감행한다. 나중에는 달라졌다고 해도 초반의 가부장적인 대발이 아버지와 대발이의 모습이 강렬하게 기억에 남는 드라마다. 하지만 지금 생각해보면, 그런 시대는 이제 갔다고 알리는 드라마였던 것 같기도 하다.

#드라마 **미안하다 사랑한다** 2004.11.08. ~ 2004.12.28.

드라마 제목을 보자마자 바로 장면이 떠오르면서 귓가에 명대사가 맴돌지 않을까 싶다. "밥 먹을래 죽을래."

소지섭, 임수정 주연의 이 드라마는 어린 시절, 호주에 입양된 후 거리의 아이로 자란 무혁(소지섭)이 우연히 은채(임수정)를 만나 지독한 사랑을 하는 이야기다. 남자는 살아온 배경이 험하기만 했던 탓에 매사에 표현이 서툴다. 아까 떠올렸던 그 장면도 여자를 사랑해서, 여자에게 밥을 먹게 하기 위해 한 말이다. 그 모습이 드라마 속에서는 지고지순한 사랑이 드러나는 낭만적인 장면으로 표현됐다. 그러나 현실에서 남자가 거칠게 차를 몰며 "밥 먹을래 죽을래" 소리를 지른다면 데이트 폭력으로 느껴지지 않을까.

● **ID_삼순이언니**

드라마 〈내 이름은 김삼순〉의 남자 주인공(현빈)이 기억나네요.

당시엔 잘 생기고 멋진 남자주인공처럼 보였는데,
시간이 지나고 다시 보니 여자주인공에게 소리만 치고,
정작 본인이 잘 해야 하는 부분에 있어서는
우유부단한 사람이더라고요.
삼순이는 지금 다시 봐도 참 당당한 여자주인공이던데 말이죠.

그렇다면 이번에는 기억에 남는 드라마 속 여자 주인공들을 떠올려보자.

드라마 속 여자들 편

#드라마 **여명의 눈동자** 1991.10.7 ~ 1992.2.6

일본 태평양 전쟁을 배경으로 한국 근대사를 담은 시대극이다. 앞서 이야기했던 〈사랑이 뭐길래〉와 같은 1990년대 초반에 방영된 드라마이기도 하고, 드라마 속 시대 배경은 그보다 더 과거다. 이 드라마를 본 세대가 아니라면 분명 순종적이거나 소극적인 여자 주인공이 등장하지 않을까 생각하게 될 수도 있다.

하지만 이 드라마에는 윤여옥(채시라)이라는 강렬한 여성 캐릭터가 등장한다. 윤여옥 대위의 삶은 험난했다. 처음엔 위안부로 끌려가 고초를 겪었고, 전쟁이 끝나고 나서는 공작부대 요원이 되었다. 시대의 희생양이었지만, 이를 극복하기 위해 정면으로 부딪치는 멋진 역할이었다. 이 드라마의 명장면으로 꼽히는 마지막 키스신. 키스마저 주도한 윤여옥 대위가 무려 1991년에도 있었다.

#드라마 **파리의 연인** 2004.06.12. ~ 2004.08.15.

부자에 츤데레인 남자 주인공(박신양)이 떠오르는 드라마이기도 하지만, 이 드라마의 여자 주인공도 캔디형 여자 주인공(김정은)의 전형이라고 할 수 있다. 가난하고 힘들어도 밝고 씩씩하며 상대를 배려하는 따뜻한 마음까지 가지고 있다면 성별을 불문하고 칭찬받을 만하다. 하지만 그런 여성의 모습에 비해 남자 주인공은 성격도 나쁘고 예의도 없다. 그럼에도 부자이기 때문에 늘 당당하며 캔디를 사랑하는 뜻밖의 선택을 하는 로맨틱한 면모도 자랑한다.

떠올려 보면 한동안 트렌디 드라마에 등장했던 여성들의 모습은 대개 이 드라마와 비슷했던 것 같다. 부자나 직업이 좋은 남자 주인공을 두고 캔디형 여자 주인공과 악녀 스타일의 여성 캐릭터가 대결하는 모습. 특히 이 평면적인 악녀 캐릭터는 어쩌면 남성들이 만들어낸 환상이 아닐까 싶다. 그래야 착한 여주인공의 지고지순함이 더 돋보일 테니까. 이 드라마에 윤여옥 대위가 등장했으면 가만있지 않았을 텐데.

ID_신상드라마

드라마 〈라이브〉에서 배종옥 씨가 연기한
여성 캐릭터가 인상적이었어요.
딸에게 자신의 행복을 말하고 이혼과 연애감정 앞에서도
당당한 모습이었죠.
굉장히 독립적인 어머니로 그려졌는데
확실히 깨어가고 있는 듯해요.

이제 드라마에서 나와 주위를 둘러보자.

못질을 잘하는 남자도 있고 못하는 남자도 있다.

요리를 잘하는 여자도 있고 못하는 여자도 있다…

요즘 남자, 요즘 여자

ID_원더우먼

남자가 생활력이 있으면 능력이 있다고 하는데
여자의 경우, 센 언니나 원더우먼이라는 말을 붙이더라고요.
전 이 말도 남녀차별 같습니다.

앞서 1990년대와 2000년에 방영됐던 드라마들을 통해 당시 어떤 남성상과 여성상을 그렸는지 떠올려봤다. 대표적인 것들을 추렸는데 생각 외로 옛날이라서 더 진부하고 최근이라서 더 깨어 있지 않았다. 1990년대 드라마에 대발이 아버지 같은 가부장적인 남성 캐릭터도 등장했지만, 윤여옥 대위처럼 당찬 여성 캐릭터도 등장했다. 그보다 나중인 2000년대 드라마에도 전형적인 캔디형의 여성 캐릭터와 삼순이 같은 여성 캐릭터가 함께 존재했다. 어쩌면 시대별로 이상적인 남성상, 여성상이 변하고 있다는 것도 우리가 만들어낸 오해일지도 모른다는 생각이 든다.

이제 드라마에서 나와 주위를 둘러보자. 못질을 잘하는 남자도 있고 못하는 남자도 있다. 요리를 잘하는 여자도 있고 못하는 여자도 있다. 그럼에도 성별을 기준으로 자꾸 어떤 이미지를 만들어 내려는 시도가 있어 왔는데, 최근에는 그래서 일부러 성별을 밝히지 않고 활동하는 창작자들이 꽤 많다. 작품에도 드러내지 않으려고 노력한다. 어느 한쪽 성역할에 다가가서 이야기를 하는 것에서 멀어지려는 시도들이다.

많은 트렌디 드라마에서 경제적 우위에 있는 남성 캐릭터가 캔디형 여성 캐릭터에게 함부로 대하는 것이 츤데레로 포장되어 왔다. 그런데 지금은 그것을 불편하게 느낀다. 사회가 변해왔다는 증거다. 지금은 〈밥 잘 사주는 예쁜 누나〉에서처럼 남녀의 경제력이 역전되거나 동등해진 모습이 그려져 반가워하고 있다. 하지만 이게 바람직한 결말은 아니다. 더 이상 주인공들의 경제력에 연연하지 않는 드라마도 나와야 할 것이다. 사회적 지위나 육체적 힘에 대해서도 마찬가지로 이제는 다 과거의 것으로 흘려보내야 하지 않을까 싶다.

관심병

SNS라는 새로운 동네

SNS는 묘한 매력이 있다. 겉만 번지르르하지 제대로 된 소통이 아니라고, 인생의 낭비라고 말들 하지만 그래도 끌리는 순간이 있는 것은 사실이다. 보기 드문 풍경을 발견하면 사진을 찍어 올리고 싶고, 누군가에게 대놓고 하지 못한 말을 SNS에라도 올리고 싶을 때가 있다. 나의 개인적인 부분이 불특정 다수에게 노출되고, 모르는 사람이 누르는 '좋아요'가 허망하다 해도 그래도 그런 관심을 받고 싶을 때가 있다.

집을 나서다 옆집 사람을 마주쳤을 때, 인사를 나누는지? 유년 시절을 보냈던 작은 아파트 단지는 너무나 가족적인 분위기여서, 어른들도 아이들도 만나는 사람마다 아는 척을 하고 집집마다 자주 놀러 다녔던 기억을 갖고 있다. 이사를 하면 이웃들에게 떡을 돌리며 인사를 다니는 게 당연하게 여겨졌던 시절이 있었다. 그런 기억을 가지고 있는 사람도 지금은 어쩐지 바로 옆집조차 멀게 느껴진다.

오프라인에서는 이렇게 사람과 사람 사이의 심리적인 벽이 높아지고 있는데 온라인상에서는 한 번도 본 적 없는 사람과도 친근하게 이야기를 나누는 것, 생각해보니 좀 이상하다. 오프라인에서는 쉽게 드러내기 어려워진 소통의 욕구와 소외감을 온라인에서 부담 없이 맘껏 푸는 것일까.

당신이 뭘 좋아하는지 당최 모르겠어서
이렇게 저렇게 꾸며보느라 우스운 꼴이지만
사랑받고 싶어요 더 많이 많이

— '선우정아'의 노래, 〈구애〉

SNS를 이용해서 활발하게

교류하는 것도 좋지만 이러다

SNS에서만 교류하게 되는 것은 아닐까?

SNS가 없었을 때는 이렇게 관심받고, 사랑받고 싶은 마음을 어떻게 표현했을까? 이런 생각을 하니 문득 수학여행 때 무대에 올라가서 장기 자랑하는 것을 좋아하던 친구들이 떠오른다. 대부분의 사람들은 무대에 나가 주목을 받는 것에 대한 두려움이 있다. 하지만 몇몇 친구들은 망설임 없이 무대에 나가 신나게 놀았다. 떠올려보면 그때, 무대에서 노는 친구들을 바라보는 나의 시선에도 부러움이 있었던 것 같다. 하지만 단 한 번도 무대에 나가볼 용기를 내지 못했다.

SNS는 그런 사람들에게도 좀 더 마음 편히 드러낼 수 있는 기회를 준다. 무대에 올라 많은 사람들 앞에 서면 나를 그대로 다 보여줄 수밖에 없지만 SNS에서는 내가 보여주고 싶은 부분만 노출할 수 있으니 부담이 적기 때문이다. 사람들 마음속에 숨어 있던 관심과 사랑을 받고 싶은 욕망은 덕분에 지금 막 폭발 중이다.

'좋아요'가 너무 좋은 사람들

누구에게나 더 많은 사람들에게 관심과 사랑을 받을 수 있는 기회가 열린 것은 분명 환영할 만한 일이다. 그런데 표현의 기회는 또 다른 욕구를 불러왔다. 다른 사람들보다 더 많은 '좋아요'를 받고 싶은 마음. 과장을 하거나 거짓말을 하는 것은 귀여운 정도다. 다른 사람의 사진이나 글을 훔쳐와서 가상의 나를 만드는 리플리 증후군을 앓는 사람이 생기고, SNS에 올리기 위해 위험한 곳에서 무리하게 사진을 찍다가 사고가 났다는 소식도 종종 뉴스를 통해 전해진다. 이 정도로 심각하지는 않더라도 SNS에 올릴 사진을 찍다가, 트윗을 올리다가, 그 순간에만 즐길 수 있는 것들을 놓친 경험이 저마다 한두 번쯤 있을 것이다.

ID_대유잼

전 SNS를 안 하는데
SNS 하는 사람들은 저에게 "재미없게 산다"고 하더라고요.

어제는 어떤 음식을 먹었고, 여름휴가는 어디로 갔는지 알고 있지만 정작 연락을 한 지는 몇 년이나 된 친구가 있지 않은가. 시간이 날 때 카카오톡 프로필만 둘러봐도 나와 알고 지내는 사람들의 근황을 대충은 알 수 있다. 다른 사람의 근황을 파악하는 주요수단이 SNS가 되다 보니 안부를 묻고, 만남을 갖는 일이 확실히 줄어든 것 같다. SNS를 이용해서 활발하게 교류하는 것도 좋지만 이러다 SNS에서만 교류하게 되는 것은 아닐까 하는 걱정이 들 정도로.

드러내지 않더라도, 누구나 관심받고 싶은 마음이 있다는 것. SNS는 그런 사실을 알게 해주었다. 하지만 그런 깨달음이 그저 SNS상을 떠돌기만 한다면 과연 의미가 있을까. 내가 일하는 건물을 청소해주시는 분들과 마주쳤을 때 인사를 건네고, 이웃들의 안부를 살피는 것과 같은 작은 관심의 표현으로 이어진다면 좋겠다. SNS 속 세상에만 몰두하다 보면 자신의 존재를 과시하지 않는 것에는 관심이 없어질 수 있는데, 조용히 묵묵하게 존재하는 것의 가치를 발견하려는 노력도 함께 했으면 좋겠다. 무엇보다 SNS상에서가 아니라 내 주변에 있는 사람들에게 직접 '좋아요'를 눌러주는 것은 어떨까?

SNS상에서가 아니라

내 주변에 있는 사람들에게

직접 '좋아요'를 눌러주는 것은 어떨까?

나를 지키는 법

칭찬은 고래도 춤추게 한다?

"사람 참 좋아"

김보통 씨가 평소에 자주 듣는 말이다.

분명 칭찬으로 하는 말이지만 보통 씨에게는

그 말이 요즘 가장 큰 스트레스다. 얼마 전 일이었다.

평소에도 이런 저런 부탁을 자주 하던 선배가 김보통 씨를 불렀다.

최 선배 보통 씨 다다음 주에 휴가 가는 거 있지. 정~말 미안한데 내가 갑자기 일이 생겨서 그때 꼭 휴가를 써야 하는데 좀 바꿔줄 수 있을까?

벌써 두 달 전에 양해를 구하고 잡아둔 휴가였다.
죄송하지만 이번엔 좀 안 되겠다고 말했는데 선배는 거의 통사정을 했다.

최 선배 어머니가 편찮으신데 수술 날짜가 하필 그때밖에 안 된다고 하는 거야. 보통 씨가 오래 전부터 잡아놓은 건 아는데 이번만 좀 양해를 해주면 안 될까.

어머니가 편찮으시다는데 안 된다고 할 수가 없었다.
사실 휴가 때 보려고 어렵게 공연 티켓도 구해놨는데, 결국
휴가를 바꿔주고만 보통 씨. 그런데 나중에 우연히 알게 됐다.
어머니 핑계까지 대가며 휴가를 바꿔갔던 선배는 사실
해외여행을 다녀왔다는 것. 너무 화가 나서 당장이라도 가서
따지고 싶었지만 이번에도 입이 떨어지지 않았다.

최 선배 보통 씨가 항상 이렇게 묵묵히 잘 해줘서 내가 의지가 많이 돼. 이번 프로젝트도 보통 씨만 믿을게.

김보통 씨는 말하고 싶었다.
"저는 계속 뒤치다꺼리만 하라는 건가요? 이 프로젝트, 제가 잘 아는 분야이기도 하고 잘 할 자신도 있는데요. 애당초 이 프로젝트 아이디어를 처음 낸 것도 저 아닌가요"라고.
하지만 결국에는 말하지 못하는 자신이 선배보다 더 미웠다.
김보통 씨는 문득 어린 시절이 떠올랐다.

아빠 보통이 크리스마스 선물은 뭘까? 자, 풀어봐.

어린 보통 우아, 로보트다!

여동생 으앙, 나도 로봇! 나도 저거 갖고 싶어.

아빠 민지야, 그건 보통이 오빠 것이고. 네 건 여기 인형 있잖아.

여동생 싫어. 내가 저거 할 거야. 으앙~~~

어린 보통 이건 내 건데…

여동생 싫어. 내가 할 거야. 으앙~~~

어린 보통 나도 싫은데… 알겠어. 그래. 너 해.

아빠 역시 보통이 참 착하다.

삼십 년이 지난 일인데도 아직도 생생하게 기억이 나는 장면이다.
그래 나는 늘 이렇게 착하다는 칭찬을 들었지.
동생이 워낙 고집이 세기도 했지만, 사실은 왠지
그래야 할 것 같은 분위기에 주눅이 들었던 것 같다.
어쩌면 바로 그게 시작이 아니었을까?

칭찬도 고래를 병들게 할 수 있다!

여러 사람들을 만나고 사회생활을 하다 보면 종종 나에 대해서 평가하는 말을 듣게 될 때가 있다. "누구 씨는 성격이 참 당차서 좋아"라든지 "누구 씨는 예민한 편이잖아"라든지. 그 사람이 느낀 대로 말하는 것이겠지만 좀 당황스럽기도 하다. 내가 정말 그런가? 뭣 때문에 나를 그렇게 판단한 거지? 혼자 생각해도 되는데 왜 굳이 말을 하는 걸까? 그저 그 사람의 생각일 뿐이니 마음에 담아두지 않으려고 해도 왠지 신경이 쓰인다. 그리고 때로는 나도 모르게 다른 사람들이 생각하는 내 모습에 맞춰 행동을 하게 되기도 한다.

거절을 잘 못하는 김보통 씨, 화가 나도 꾹 참는 김보통 씨도 그렇다. "사람 참 좋다"는 칭찬마저도 이제는 부담스럽다고 하지만, 어느새 그 말에서 벗어나기가 어려워진 것이다. 이런 사람이 얼마나 많은지, 이미 '착한 사람 콤플렉스'라는 심리학 용어가 있다. 콤플렉스를 간단히 이야기하면 '마음 속 응어리'다. 제대로 풀지 못하고 뒤죽박죽된 채 뭉쳐져 있는 덩어리를 응어리라고 한다. 다른 사람들에게는 착한 사람으로 불리지만, 착하기만 한 사람이 되고 싶지는 않고, 그렇지만 또 착하지 않은 행동을 할 자신은 없는 복잡한 감정이 착한 사람 콤플렉스다.

주위에서 특별히 착하다는 소리를 듣지 않아도, '착해야 한다'는 생각에 갈등했던 적이 있을 것이다. 김보통 씨가 어릴 적 동생에게 장난감을 양보했을 때처럼, 착한 행동은 칭찬을 받게 한다. 누구나 그렇게 착한 행동에 대한 강화를 무수히 받으며 어른이 된다. 그러니 착한 사람 콤플렉스를 가지는 것은 이상한 일이 아니다. 누구나 조금씩은 그렇지 않을까.

"역시 보통이 참 착하다"

김보통 씨는 어느새 거절을 잘 못하는 사람,
화가 나도 꾹 참는 사람이 되어버렸다.
"사람 참 좋다"는 말이 칭찬이 아니라는 것을
알면서도 그 말에서 벗어나기 어려워진 것이다.

누가 뭐래도

아는 사람 중에 착해 보이는 첫인상을 지닌 A와 B가 있다. 그중에 A는 누구라도 유한 사람이구나 생각할 수 있는 느긋한 말투를 가졌다. 하지만 일과 관련해서 다른 사람과 이야기를 나눌 때 A의 모습은 돌변했다. 원칙에서 어긋나는 무례한 요구는 단 1도 허용하지 않겠다는 듯한 단호함이 느껴졌다. A는 안 그래도 종종 "이런 분이신 줄 몰랐어요"와 같은 이야기를 듣는다고 했다.

A도 처음부터 그랬던 건 아니었다. 사회생활을 하면서 가만히 유하게 있다 보니 자꾸 무례한 요구가 많아지고, 손해를 보는 일이 많아졌다. 이렇게 해서는 안 되겠다는 생각이 들어서, A는 일을 할 때만큼은 차라리 못된 사람이 되기로 했다. 그래서 손해 보는 것들도 많이 있겠지만 이상한 억울함을 느끼는 것보다는 차라리 그게 속 편하다는 것이다.

선한 인상과 단정한 말투를 가진 B. 아니나 다를까 B는 일을 하며 만난 사람에게 종종 "B씨는 참 착해"라는 소리를 듣는다고 한다. 칭찬이라고 해도 마치 어른이 아이를 대하는 듯한 태도였고, 얕잡아 보는 느낌마저 들었다는 B. 사회에서 만난 사람들끼리 그런 이야기를 하면 느낌이 쎄하다. 속으로는 '내가 좀 만만하게 보이나?' 하는 생각이 들지만 A와 달리 B는 겉으로 크게 티 내지 않고 자신의 페이스를 유지하려고 노력한다.

A와 B는 둘 다 사회생활을 하며 듣는 '착하다'는 말에 거부감을 가지고 있었다. 그런데 사실 착한 것은 나쁜 게 아니다. 다른 사람을 잘 돕고, 양보를 잘 하고, 이해심이 넓은 것은 칭찬받아 마땅하다. 하지만 착한 것을 이용해서 자꾸 제멋대로 휘두르려고 하는 사람들이 있다. 그래서 착한 행동을 하고도 스스로 바보 같거나 속은 기분이 들게 되고, 때로는 그런 자신을 책망하게 되기도 한다.

어쩌면 누군가에게 '착하다'고 하는 것은 그 사람을 제 입맛에 맞게 조종할 수 있는 간편한 방법이 아닐까 싶다. '착하다'는 말을 계속 듣다보면, '난 아닌데'라고 생각하면서도 할 말을 참는다든지 행동을 조심하게 된다. 그러다 보면 사람들의 요구는 더 많아지고, 있는 그대로의 내 모습을 보여주는 것은 더욱 힘들어진다. 착한 사람 콤플렉스의 가장 큰 문제는 바로 거기에 있다. 나는 너무 괴롭고 힘든데도 다른 사람들이 바라는 모습을 연기한다는 것. 속으로는 울면서 겉으로는 웃게 된다. 내내 그렇게 살아가는 것은 너무 끔찍한 일이다.

'착하다'는 말에 대해 A와 B 두 사람이 대응한 방식은 표면적으로는 아주 달랐지만 핵심은 같다. 다른 사람의 기대에 맞춰 살지는 않겠다는 의지. 단순하지만 사회라는 험난한 밀림에서 나를 지키기 위한 가장 기본적인 원칙이 아닌가 싶다.

ID_겨울잠

저는 평생 착하고 좋은 사람이 되려고 노력하느라
힘들었던 것 같아요.
정작 나를 위한 것은 아니란 걸 이제는 알겠는데…
그래도 달라지지가 않네요.
그래서 요즘은 아예 사람을 잘 안 만나고 있어요.

늘 일부러 가시를 세우고 살 수는 없다.

하지만 상대가 내 권리를 침해하려고 할 때는 가시를 세우고 절대 뺏기지 않았으면 좋겠다.

처음부터 그랬던 건 아니었다.
사회생활을 하면서 가만히 유하게 있다 보니
자꾸 무례한 요구가 많아지고
손해를 보는 일이 많아졌다.

이렇게 해서는 안 되겠다는 생각이 들어
일을 할 때만큼은 차라리 못된 사람이 되기로 했다.

● ID_왜그래

저는 솔직히 열 번은 못되게 굴다가

가끔 한 번 착하게 구는 편인데요.

사람들이 그걸 기억하고 알아주더라고요.

그런데 늘 착한 사람은 오히려 그러려니 하던데요.

보통 군대에서 조교들이 그렇게 한다. 엄청 무섭게 하다가 한번 잘 해주기.

그럼 이상하게도 엄청 감동받는다.

늘 잘해주던 사람이 한번 화내면, "착한 줄 알았는데 알고 보니 그렇지도 않네" 하고.

씁쓸하지만 현실이다.

● ID_내추럴우먼

저에게 '나다운 것'은 있는 그대로 꾸미지 않고 사는 거예요.

시부모님이나 친구들이 집에 온다고 해도

원래 하던 대로만 청소해요.

애들이 어리기 때문에 날마다 동화책과 장난감으로

지저분하지만 그대로 두죠.

너무 깔끔 떨다가는 골병 나요.

집에 손님이 오는 게 별거 아닌 것 같지만 은근히 신경이 많이 쓰이는 일이다.

괜히 바닥이라도 한 번 더 쓸게 되고.

내가 하고 싶어서가 아니라, 누구에게 보여주기 위해서 하면 스트레스가 된다.

쓸데없이 무리하지 않는 것, 멋지다.

중간 착취자의 나라

"딱 봐서 돈 받은 만큼만 일하는 사람은 잘라버려."

어느 날 사무실에 앉아 있던 김보통 씨의 귀에
이런 소리가 들렸다.
목소리의 주인공은 부장.
한 부하직원과 이야기를 나누고 있었다.
누구의 이름을 딱히 언급하지 않았지만 알 수 있었다.

그 팀에서 프리랜서로 일하는 직원을 놓고 하는 이야기라는 걸.

사무실에는 김보통 씨 말고도 다른 사람들이 많았다.
그중에는 프리랜서로 일하는 사람도 몇 있었는데
김보통 씨도 그중 하나였다.
하지만 부장은 전혀 개의치 않는다는 듯 목소리를
줄이지 않았다. 아니, 일부러 더 크게 이야기하는 것 같았다.

김보통 씨는 말로 세게 한 대 맞은 기분이 들었다.
주위를 둘러보니 정규직인 사람들은 별로 신경 쓰지 않는 듯했다.
하지만 프리랜서나 계약직인 이들은 그렇지 않은 듯했다.

'이런 게 신분의 차이구나'

김보통 씨는 온몸으로 느낄 수 있었다.

주인처럼 일하라면서요?

"주인의식을 가지고 일해라."

자기계발서에 빠지지 않고 등장하는 말이다. 하다못해 아르바이트를 하더라도 "내가 주인이다 생각하고 일해야 한다"는 소리를 듣는다. 성실히, 열심히 일하는 것. 그 자체로는 나쁜 게 아니다. 그렇게 해서 인정받고 성공도 하고 싶다. 그러나 현실을 둘러보면 자꾸 의문이 든다. 성실히 그리고 열심히 일해도 불안하기만 한 삶, 주인처럼 일하지만 절대 주인은 되지 못하는 삶만 도돌이표처럼 반복되는 것은 아닐까?

《중간 착취자의 나라》. 변호사 이한이 우리나라 비정규직 노동자들의 현실을 들여다보고 쓴 책의 제목이다. 우리 사회는 갈수록 불평등이 심각해지고 있다. 그리고 그 중심에 비정규직 문제가 놓여 있다. 중간 착취자는 이 비정규직과 밀접한 관련이 있다. 기업 대신 인력을 고용하고 관리하는 아웃소싱 회사를 중간 착취자로 칭한 것이다. 역사를 거슬러 올라가서 지주와 소작농 사이에서 관리자 역할을 하던 '마름'을 떠올려 볼 수 있다. 그런데 효율성을 위해 인력 관리 역할을 나누어 맡은 것이 어째서 '착취'가 되었을까?

회사를 운영하는 A는 사업장을 확장하면서 100명 정도의 인력이 더 필요하게 됐다. 그런데 A는 직접 고용을 하지 않고 아웃소싱 업체인 B에 이 일을 맡긴다. 100명의 사람을 일일이 뽑고 관리하는 게 골치 아플 뿐만 아니라 직접 고용했을 때 보장해주어야 하는 것들에 대한 부담까지 덜 수 있기 때문이다. 게다가 아웃소싱 업체들끼리 경쟁을 하면서 가격도 낮출 수 있다.

그렇게 선정된 아웃소싱 업체 B는 A를 대신해 사람을 뽑고 관리한다. 100명이 필요한 일이지만 A가 원하는 것은 사업이 문제없이 유지가 되는 것이기 때문에 2~3명 정도는 채우지 못해도 괜찮다. 오히려 더 적은 인원으로 굴릴수록 이익이 된다. 그런데 이렇게 A와 B에게 모두 이익이 된다면, 누군가는 그만큼의 마이너스를 감당해야 한다. 바로 아웃소싱 업체를 통해 고용된 C다.

하나만 예를 들어보자. A는 회사 여건이 안 좋아졌다면서 B업체에 가격을 더 낮출 것을 요구한다. B업체는 그 제안을 거부하기 어렵다. 어쩔 수 없이 받아들이는 대신 최대한 이익을 만들어내야 한다. 방법은 비용을 줄이는 것. 인원을 줄여 100명이 해야 될 일을 95명에게 해내도록 하거나, 인원을 줄

A업체는 회사 여건이 안 좋아졌다면서

B업체에 가격을 더 낮출 것을 요구한다.

울며 겨자 먹기로 그 제안을 받아들이고

B업체가 선택한 방법은

인원을 줄이거나 월급을 줄이는 것이다.

이지 않는 대신 월급을 줄이는 것이다. 어느 쪽이든 C는 괴롭다. 견디다 못한 C가 그만둔다. 하지만 그 자리는 얼마든지 대체된다. 당장 일이 필요한 또 다른 누군가가 언제든 대기하고 있기 때문이다.

C의 처지는 이렇게 불안정해졌지만, 기업들은 여전히 경영효율성을 위해 어쩔 수 없다는 말을 되풀이하고 있다. 그리고 생각보다 많은 사람들이 "비정규직 문제는 안타깝지만, 시장경제에서 필요에 따라 가치가 매겨지는 건 어쩔 수 없는 일 아니냐"며 여기에 동조해왔다. 그런데 지난 2016년, 큰 충격을 안긴 사건이 일어났다. 지하철 스크린 도어를 수리하는 파견업체에 취직한 청년이 전동차에 치여 목숨을 잃은 것이다. 원래 2인 1조로 하던 일을 혼자서 해내야 했고, 그마저도 십여 분 단위로 빽빽했다는 것이 밝혀졌다. 밥 먹을 시간조차 없어서 가방엔 컵라면이 들어 있었다. 청년을 위험에 내몰고 착취하면서 쥐어준 돈은 한 달에 144만 원이었다.

우주 소속 노동자 연대

얼마 전, 공공부문에서 먼저 비정규직을 정규직화하는 데 나선다는 반가운 소식이 들렸다. 공항과 국회의 청소 노동자들이 환하게 웃었다. 아직 많지는 않지만 민간기업들도 하나 둘 비정규직을 정규직화하는 데 동참하고 있다. 그런데 이런 소식들 밑에 달린 댓글에 생각보다 악플이 많았다. "노력 없이 거저 혜택을 보려고 한다"는 거였다.

실제로 비정규직의 정규직화가 논의되는 과정에서 내부의 반발이 크다고 한다. 특히 오랜 시간 준비해 시험을 통과하거나 높은 경쟁률을 뚫고 입사한 경우, 억울한 기분이 들만도 하다. 그런데 최근 한 학교에서 학생들이 비정규직 교사를 무시하고 비하하는 사건이 일어났다. 아직 어린 학생들조차도 정규직과 비정규직을 나누고 차별을 내면화하고 있다는 것, 정말로 심각하게 여겨야 하지 않을까.

우리나라의 비정규직 인구는 5년째 꾸준히 증가해서 2018년 8월을 기준으로 660만 명을 넘어섰다. 임금 근로자 셋 중 하나는 비정규직이다. 더 이상 남의 일이 아니라는 것을 느끼게 해주는 수치이기도 하지만, 그 전에! 앞으로 점점 더 많은 사람들이 비정규직을 떠돌게 될 때 생기는 문제들을 생각해 볼 필요가 있다.

사용자들은 비정규직 일자리를 거쳐 정규직이 될 수 있다고 주장하곤 한다. 하지만 실제 통계에 따르면 비정규직에서 또 다른 비정규직으로 이동하는 경우가 대부분이다. 한 분야에서 숙련된 기술자가 되기 위해서는 차곡차곡 경험을 쌓고 수련할 기회가 주어져야 하는데 2년마다 다음 일자리를 걱정해야 하는 처지에서는 너무나 먼 이야기다. 결국 특별한 기술 없이 질 낮은 일자리만 전전할 수밖에 없고, 그만큼 삶은 불안정해진다. 점점 더 많은 사람들이 그런 처지로 내몰려도 나만 정규직을 유지한다면 무관할 수 있을까? 당장 내가 분담해야 할 사회적 비용만 떠올려봐도 그렇지 않다는 걸 알 수 있을 것이다.

노동자들의 힘이 센 나라들은 그래서 비정규직일 때 정규직보다 더 많은 임금을 준다. 오랜 기간 일을 하지 못하기 때문에 놓치는 안정적인 수입이나 경력을 어느 정도 보존해주면서 삶을 안정적으로 유지할 수 있게 하는 것이다. 비정규직이 있기 때문에 내가 마음 편히 휴가를 가거나 휴직을 할 수 있는 거라고 그들은 그렇게 생각한다고 한다.

효율성을 위해

인력을 관리하는 역할을 나누어 맡은 것이

어쩌다 '착취'가 되었을까?

애당초 정규직과 비정규직을 나눈 것은 누구였을까? 어쩌면 이름부터가 편을 가르도록 만들어졌는지도 모른다. 그러나 우리는 한편이 될 때 훨씬 유리하다.

● ID_좋아서하는일

저는 기간제 교사로 있다가 3번째에 임용고시를
통과하고 정규직 교사가 됐습니다.
둘 다 경험해본 입장에서 중간착취자란 말이 너무 와닿네요.
기간제 교사로 지내는 동안 계약 기간이 끝나갈 때마다
너무 불안했고, 차별적인 시선에 더욱 힘들었어요.
누구나 일이 좋고, 사람이 좋아서 즐겁게 일할 수 있는
환경이 되면 좋겠습니다.

● ID_소속감이필요해

어떤 형태로 고용됐든, 같은 일을 한다면 대우가
크게 다르지 않았으면 좋겠어요.
동등한 구성원이라는 느낌에 일할 맛 날 것 같아요.

페어플레이 정신

"여기서 쭉 가서 다음 교차로에서 좌회전하면 돼."

"아 저기서요."

"아니 아니, 다음 교차로라니까. 여기서 왜 멈춰."

"신호등이 노란 불이어서…"

"아, 이 답답한 인간. 운전도 융통성 없이 하네, 정말."

회사 선배와 함께 외근을 나갔던 김보통 씨.

거리가 좀 멀어서 회사 차로 운전을 해서 가게 됐는데,
그게 화근이었죠.
평소 참 온화한 성격이어서 잘 맞는다고 생각했던 선배였는데,
운전석 옆자리에 탄 선배의 모습은 좀 달랐습니다.
차도 없는데 규정 속도 다 지켜서 갈 거냐 노란불인데
그냥 빨리 가면 되지 왜 멈춰서느냐 한숨을 쉬더니
나중엔 아예 대놓고 답답해했죠.
운전습관이 다른 거야 뭐 그럴 수 있다고 생각했습니다.
사실 평소에도 주변 사람들에게 종종 듣던 잔소리였으니까요.
그런데 선배가 한 말이 마음에 걸렸습니다.

"운전도 융통성 없이 하네 정말"

그렇습니다. 선배는 평소에도 저를 답답하게 생각했던 거죠.
그러고 보니 얼마 전, 회사에서 있었던 일이 떠올랐습니다.
진행하던 프로젝트를 마감하고 새 프로젝트에 대한 회의를
하는데, 좀 마음에 걸리는 부분이 있었습니다.

"저, 부장님. 아까 회의 때 발표하신 거요. 제가 오해를 한 건지
모르겠지만, 지난번에 제가 상의 드렸던 아이디어 같아서요."

부장님은 조금 당황하시는 것 같더니, 이내 웃으시면서
"보통 씨 입장에서는 뭐 비슷하다고 생각할 수 있겠네.
근데 아이디어야 다 비슷비슷하지. 중요한 건 그걸
실현 가능한 프로젝트로 만드느냐, 아니냐 이거지" 하셨죠.
하지만 아이디어뿐만 아니라, 세부적인 내용도
제가 말씀드렸던 것과 비슷한 부분이 많았습니다.
아니 솔직히, 똑같았죠.
답답한 마음에 김보통 씨는 팀의 다른 선배에게 상담을
했습니다. 그런데 김보통 씨가 들은 대답은 뜻밖이었어요.

"그렇게까지 안 봤는데, 보통 씨가 진짜 융통성이 없고 답답하네."
"네? 무슨 말씀이신지…"
"곧 인사고과 평가잖아. 아, 보통 씨는 그런 거 별로 신경 안 쓰나? 동기들 중에 승진 빨리한 사람들은 다 이유가 있어요."

그러곤 멀리서 오는 부장님을 발견하고는 벌떡 일어서시더군요.

"아, 부장님. 식사하셨습니까?
이번에 회사 앞에 동태찌개집 진짜 맛있는 데가 생겼더라고요."

김보통 씨는 다정하게 걸어가는 두 사람의 모습을 한참 동안

바라봤습니다. 그리고 이런 말을 어렴풋하게
들었던 것 같다고 합니다.

"요즘 후배들이 선배 맘을 아나? 안 그래?"
"하… 맞습니다. 부장님.
부장님 같은 선배가 되어야 하는데, 저는 아직 멀었습니다."

그게 '융통성'이라고요?

사람이 없는 횡단번호 앞. 신호등이 빨간불로 바뀌는 몇 초, 또 다시 초록불로 바뀌기까지의 몇 초는 참 많은 유혹이 드는 시간이다. '이 정도는 괜찮지 않을까', '이럴 땐 다들 그냥 지나가지.' 이런 생각을 하게 된다. 그런데 건너는 사람도 마찬가지다. 추운 날, 횡단보도 앞에서 신호를 기다리는데 2차선 정도에 지나가는 차도 없다면, 게다가 누군가 그냥 건너가는 사람이 있으면, '그래, 이 정도는 괜찮지 않을까?' 하는 마음과 함께 다리가 몇 번씩이나 움찔움찔했던 경험… 누구

규칙을 어기는 게 융통성이라면...?

나 있지 않을까?

"규칙은 반드시 지켜야 한다."

평소 이런 생각이 확고한 사람도 일상생활에서 수시로 마주하는 이런 유혹에서 완전히 자유롭기는 어려울 것이다. 많은 사람들이 쉽게 어기는 규칙을 나 혼자만 지키고 있으면, 어느 순간 나만 손해 보는 느낌이 든다. 게다가 '융통성 없는 답답한 사람'이라는 소리까지 듣게 되면 규칙을 지켜야겠다는 마음은 점점 물렁물렁해질 수밖에 없다.

무엇이든 그렇다. 지키는 것은 어렵고 어기는 것은 그보다 쉽다. 나이가 들수록 사람이 좀 더 유연해진다고들 하는데, 어쩌면 그게 규칙을 어기면서 느끼는 죄책감은 줄고, 뻔뻔함은 는다는 소리가 아닌가 싶기도 하다. 그렇다고 소신을 지키지 못한 게 모두 개인의 탓이라고 하면 좀 억울하다. 사회생활을 하다 보면, '융통성'이라는 이름으로 '규칙'을 어기도록 강요받는 일이 얼마나 흔한가.

군대에 다녀온 사람들에게 '살면서 가장 많은 악행을 저질렀던 때'를 묻는다면, 단연코 군대 생활을 하던 시절을 꼽을 것 같다. (가장 윤리적이었던 때를 꼽자면 유치원 시절 정도가 되지 않을까?) 신병 때는 모두들 "왜?"라는 질문이 통하지 않는 군대 생활에

적응하는 것을 어려워한다. 자기가 이 정도로 바보가 될 줄은 몰랐다고 고백하는 사람도 흔하다. 그래도 어떻게 피할 수 있는 일이 아니니 적응을 해야 한다.

가장 간단하고 효과도 확실한 방법은 '불합리한 일에 익숙해지는 것'이다. 편안한 내무반 생활을 위해 선임의 불합리한 요구를 묵인하거나 적극 수행하는 것, 장난이나 화풀이 삼아 누군가를 괴롭히는 일에 동참하는 것, 아니면 '저 정도는 괜찮을 거야' 하고 모른 척하는 것. 물론 이것을 거부하고 혼자라도 꿋꿋하게 소신을 지키는 쪽을 선택할 수도 있다. 대신 "저런, 융통성 없는 자식"이라는 낙인과 함께 선임과 후임 모두에게 무시당하며 제대할 때까지 아웃사이더로 지내야 했다는 게 경험자의 후기다. 좋든 싫든, 내가 관여를 하든, 안 하든 그런 상황에 익숙해진다는 것이 더 무서웠다는 고백도 함께였다.

안타깝게도 사회생활 역시 크게 다르지 않은 느낌이다. 입사하기 전, 회사생활에 대한 흉흉한 소문(?)을 많이 들었다는 한 친구는 "그래도 요즘이 어떤 세상인데, 나만 열심히 잘 하면 괜찮을 거야"라고 말했다. 그랬던 친구들이 몇 년이 지나 퇴사나 이직을 고민하고 있다. 일을 열심히 하고 잘 해도 '업무 평가'라는 건 결국 사람이 하는 일이다 보니 업무를 잘 하는 사람보다 관계를 잘 맺는 사람들에게 유리한 듯 보였다. 걸리지 않을 정도만 얄미운 짓을 하는 동료 때문에 속상한데, 그것을 은근히 묵인하고 부추기는 상사의 모습은 더 큰 충격을 주었다.

자소서를 쓰기 위해 회사 홈페이지를 꼼꼼히 들여다보던 시절, 회사의 비전과 문화는 얼마나 멋진 말들로 치장되어 있었던가. 하지만 내부에 들어가서 보면 회사는 어쨌든 목표를 달성하는 것을 최고로 쳐주고, 결국 수단 방법을 가리지 않는 사람이 승승장구한다. 그리고 그런 사람을 중심으로 흔히 말하는 '라인'이 형성된다. 서로 밀어주고 끌어주면서 회사의 다수로 자리 잡는다. 거기에 반발하는 사람, 동참하지 않는 사람도 분명 존재하지만 대부분의 경우 그런 사람들이 먼저 지쳐 떨어져 나가고, 그렇지 않은 사람들은 남는다. 이상한 문화가 반복되는 것은 물론, 점점 더 강화되기까지 하는 이유이기도 하다.

ID_현실이즈현실

예전 회사에서 홀로 정의를 외치다가 철저히 외면받았던
경험이 있어요.
한 선배가 그러더라고요. 우리가 바보라서 입 닫고
있는 거 아니라고요.
저 혼자 바보 됐습니다.
그런 경험이 있다 보니 앞으로는 저도 융통성을
택하지 않을까 싶어요.

ID_복수는나의것

대학 때 저희 과가 기합이 엄청 심했습니다.
특히 저희 학번 때 가장 심하게 당했죠.
선배가 됐을 때 저희는 작정하고 그런 문화를 없앴습니다.
우리가 받았기 때문에 대물림해야 한다면
어떻게 폭력이 없어질까요?
아파본 사람이 그 아픔을 알잖아요.
내가 당한 폭력을 다른 폭력으로 대물림하지 않고
오히려 사랑으로 바꿔야만
폭력을 행사했던 사람들도 진정으로 부끄러워하는
날이 오지 않을까요?

ID_외로운소나무

저도 융통성이 없다는 말을 듣고 고민이 많았어요.

속한 조직에서 문제를 발견하고 민원을 넣었는데, 정작 근본적인 해결은 안 되고 거짓말이 대부분인 뒷말만 계속 들었죠.

그냥 내가 이 조직을 떠나는 게 낫지 않을까 싶기까지 했는데, 결국엔 남기로 했습니다.

하지만 이제는 '혼자 꼿꼿하다고 뭔가 나아지기는 할까' 고민하게 되네요.

다시 보자, 페어 플레이

2018년 러시아 월드컵 경기를 지켜보다가, "페어플레이 점수를 매긴다"는 말에 귀가 확 이끌렸다. 예선 경기를 모두 치르고 승점을 매겼는데 두 팀 이상 동점을 이루는 경우, 페어플레이 점수로 본선 진출 팀을 결정하기로 했다는 거였다. 월드컵의 의미에 어울리는 규칙이라는 생각에 무척 반가웠다. 그런데 예상 밖의 상황이 벌어졌다. 예선 막바지 일본팀과 폴란드 팀의 경기, 일본팀이 지고 있는 상황에서 후반전 페어플레이 정신을 가지는 것이 의무는 아니다. 나 아닌 다른 사람에게 "손해 볼 걸 감수하고서라도 무조건 원칙을 고수해야 한다"고 말하기는 어렵다. 먼저 달라져야 하는 것은 지독한 경쟁에 몰아넣고 승자에게만 박수를 보내는 세상이 아닐까? 지금도 자신의 경기장에서 외롭지만 당당하게 페어플레이를 하고 있는 사람들이 박수받는 날이 얼른 왔으면 좋겠다.

추가시간이 주어졌다.

그러나 일본 선수들은 뛰지 않고 하프라인 안쪽 자신들의 진영에 가만히 있었다. 심판이 경기를 계속 하라는 손짓을 했지만, 소용이 없었다. 그렇게 해도 이미 16강에 진출할 수 있는 상황이라는 걸 알았기 때문이었다. 아이러니하게도 그것은 페어플레이 규칙 때문에 가능한 결과였다. 조별리그 공동 2위에 올라 있던 세네갈보다 일본이 옐로우 카드 수가 적었기 때문이다. 스포츠 정신에 걸맞은 경기를 하라고 만든 페어플레이 규칙이 그렇게 활용되다니. 결국 야유가 쏟아졌지만 어쨌든 그 팀은 16강에 진출하는 데 성공했다.

그 순간을 지켜보며 참 많은 생각이 들었다. 처음엔 '지금 저렇게 16강에 오른 선수들은 정말 뿌듯할까?', '응원하는 사람들도 진심으로 기뻐하고 있을까?' 생각했다. 그러다 '저 선수들 중에도 이런 방식으로 경기를 끝내고 싶지 않았던 사람이 분명 있지 않았을까?'라는 생각이 들었다. 하지만 만약 그렇다 해도 감독의 결정이나 지켜보는 사람들의 기대를 외면하는 것은 선수 개인에게 너무 힘든 선택이었을 것이다.

당장 TV를 틀어보자. 성공한 사람들에게만 스포트라이트가 쏟아지는 것은 둘째 치고, 그 사람이 어떤 과정을 거쳤는지 자세히 묻지도 않는다. 부나 명성을 쌓았다면 가치 판단을 하지 않는다. 약자에 대한 인신공격으로 관심을 끌어모은 유튜버도 억대 연봉이라며 부러움을 산다. 기업가나 정치인은 범죄 이력이 아무리 많아도 문제없이 더 출세한다. 우리는 어쩌면 은연중에 이런 생각을 하고 있는지도 모른다. 유명해지거나 부자가 되면 다 괜찮은 거 아닌가. 정의든 소신이든 어쨌든 지는 것보다는 이기는 게 낫다는 생각이 들게 하는 데 미디어도 한 몫을 하고 있는 듯하다.

ID_소심한원칙주의자

성격이 좀 소심한 편이다 보니 원칙을 어기고 싶어도
잘 어기지 못한다고 해야 할까요?
어쨌든 원칙을 잘 지키는 편인데요.
지나고 나면 손해가 커서 속상할 때가 있어요.
손해인 줄 알면서도 성격상 융통성이 없어서인지
여전히 원칙을 고수하네요.

맞다. 이렇게 원칙을 지키는 게 융통성 없고 손해를 보는 것처럼 느껴질 때가 있다. 그러나 원칙을 지키고, 성실하게,

다른 사람을 배려하면서 살아가는 것은 소심하고 융통성 없는 게 아니다. 내가 원칙을 지켜서 손해를 보는 게 아니라, 다른 사람들이 원칙을 어기고 부당한 이익을 얻고 있는 것이다.

그러나 외눈박이 나라에서는 눈이 두 개인 사람이 이상한 게 된다. 누군가 분명히 잘못된 행동을 했는데 처벌받지 않고 오히려 이익을 얻는 것을 본다면 '그렇다면 나도?' 하는 마음이 생길 수 있다. 그런 일이 흔해질수록 규칙을 지키는 사람이 답답하고 손해 보는 기분이 들 수 있다. 이런 식으로 점점 느슨해지다 보면 우리는 어디까지 가게 될까?

페어플레이 정신을 가지는 것, 의무는 아니다. 나 아닌 다른 사람에게 "손해 볼 걸 감수하고서라도 무조건 원칙을 고수해야 한다"고 말하기는 어렵다. 먼저 달라져야 하는 것은 지독한 경쟁에 몰아넣고 승자에게만 박수를 보내는 세상이다. 지금도 자신의 경기장에서 외롭지만 당당하게 페어플레이를 하고 있는 사람들이 박수받는 날이 얼른 왔으면 좋겠다.

"화 좀 그만 내."

언젠가부터 이런 말을 자주 들었다. 분명 화가 나는 상황이 있긴 했다. 그럼에도 매번 "화내지마", "화내서 뭐하겠어" 같은 이야기가 돌아왔다. 그럴 때면 내가 좀 유별나게 예민한 사람처럼 느껴지곤 했다. 솔직히 어릴 때부터 그랬던 것 같기도 하다. 한겨울에도 치마 교복만 입으라고 하면 추위가 다 끝날 때까지 화가 났다. 자율학습이라면서 강제로 시킬 때, 다른 친구들은 좀 투덜거리다 마는데 난 매일매일 화가 났다. 아무리 생각해봐도 이해가 가지 않으면 그랬다. 사회생활을 하면서는 더 말해 뭐할까. 정말이지 화나는 일투성이였다.

어리거나 약자라는 이유로 함부로 대할 때, 불합리한 것을 당연하게 요구할 때, 참을 수가 없었다. 사실 화를 낸다고 해 봤자, 주위 사람들을 붙잡고 "이건 분명 잘못된 거 아니냐"고 성토하는 정도였다. 다들 잘못된 게 맞다고 했다. 하지만 그런 일이 있을 때마다 매번 그러면, 사는 게 너무 힘들어질 거라고 했다.

몇 년 사회생활을 해보니 정말 그런 것 같았다. 그래서 좀 무뎌져야 하나 고민도 해봤지만 잘 되지는 않았다. 고백하건대 이 책도 홧김에 쓰게 됐다. 어느 직업이나 그렇겠지만, 라디오 작가라는 직업도 멀리서 볼 때와는 많이 다르다. 고용형태로 말하자면 프리랜서, 개편 시즌마다 생사가 갈리는 6개월짜리 비정규직 단기 노동자다.

당장 반년 후의 처지를 알 수가 없으니 생활을 안정적으로 꾸려나가기가 쉽지 않다. 프리랜서니까 익숙해져야만 하는 일이긴 한데, 그렇다고 아프지 않은 것은 아니었다. 고용형태만 다를 뿐인데 함께 일하는 동료로 존중받지 못하는 기분이 들곤 했다. 이 책을 쓰기로 마음먹었을 때도 그랬다.

〈윤덕원의 인생라디오〉라는 프로그램을 맡아서 3개월쯤 하고 있었을 때, 월요일 코너 '이거 보통이 아니네'에서 나눈

이야기를 책으로 옮겨보면 어떻겠냐는 제안을 받았다. '퇴사'나 '워라밸', '소확행' 같은 말들이 넘쳐나던 때였다. 사는 게 얼마나 팍팍하고 힘든지 잠시 속풀이 하시길 바라며 코너를 만들었다. 진행자인 윤덕원 씨와 게스트로 함께 해준 김보통 작가님, 그리고 청취자님들이 한마음으로 대토론을 벌였다. 나 역시 한 명의 청취자로 공감하며 듣게 되는 시간이었다.

책을 내보자는 제안을 받았을 때 반갑고 감사했다. 하지만 매일 원고를 쓰기에도 급급했고, 여러 가지 사정도 복잡하게 얽혀 있었다. 결국 안 되겠다는 생각을 하고 있는데, 그 무렵 다음 개편 때 하기로 되어 있던 프로그램을 갑자기 못하게 됐다. 이해가 되지 않는 이유였다. 한 사람의 밥벌이를 이렇게 쉽게 여길 수 있다니… 슬프고 화가 났다. 몇 개월 동안 '이거 보통이 아니네' 코너에서 나누었던 이야기는 먼 이야기가 아니라 바로 내 이야기였다. 당장 책으로 엮어야겠다고 결심했다.

홧김에 하는 일은 대부분 후회하게 된다. 다행히도 이번엔 그렇지 않았다. 6개월 동안 함께 나눴던 이야기들은 사실 대단히 특별한 게 아니었다. 내가 느낀 불편함과 부당함을 함께 이야기하며 공감했고, 때로는 서로 대신 화를 내주기도 했다. 부당한 대우를 받으면 처음엔 상대방에게 화가 난다. 하지만 그런 일이 반복되면 스스로에게 화를 내게 되기도 한다.

왜 나는 더 잘나지 못해서 이런 대우를 받을까, 왜 당당하게 저항하지 못할까 자책하게 되는 것이다. 잘못하지도 않은 자신에게 화를 내고 상처를 줄 필요가 있을까. "꾹꾹 참았다가 나에게 터뜨리지 말고, 세상에 화를 내라", "예민하다는 말은 무시해라. 그래도 괜찮다" 이런 말들이 참 좋았다.

별로 대수롭지 않게 생각했던 상처가 한참 후에 후끈거릴 때가 있다. 아무런 통증도 느끼지 못하는 것보다는 오히려 더 건강한 반응이라고 한다. 화가 나는 것 역시 그렇지 않을까? 겉으로는 괜찮은 척 해도 마음은 상처받았다고, 그러니 나를 잘 보살펴주어야 한다고 알려주는 것이다. 화를 잘 내는 사람이 말하니 자기 합리화처럼 느껴지긴 한다. 하지만 삶이 너무 힘들고 지칠 때, 모든 것을 자신의 탓으로 돌리는 일만은 피했으면 한다. 주위를 둘러보면 아픈 사람이 너무 많다. 아프지 말고 나랑 같이 화를 냈으면 좋겠다.

강 선 임

이거 보통이 아니네

초판 1쇄 2019년 4월 15일
초판 2쇄 2019년 12월 16일

지은이 김보통 강선임
책임편집 정혜재
마케팅 김형진 이진희

펴낸곳 매경출판㈜ **펴낸이** 서정희
등록 2003년 4월 24일(No. 2-3759)
주소 (04557) 서울시 중구 충무로 2(필동1가) 매일경제 별관 2층
홈페이지 www.mkbook.co.kr
전화 02)2000-2641(기획편집) 02)2000-2636(마케팅) 02)2000-2606(구입 문의)
팩스 02)2000-2609 **이메일** publish@mk.co.kr
인쇄 · 제본 ㈜M-print 031)8071-0961
ISBN 979-11-5542-612-8(03810)

책값은 뒤표지에 있습니다.
파본은 구입하신 서점에서 교환해 드립니다.

이 도서의 국립중앙도서관 출판예정도서목록(CIP)은 서지정보유통지원시스템 홈페이지(http://seoji.nl.go.kr)와 국가자료공동목록시스템(http://www.nl.go.kr/kolisnet)에서 이용하실 수 있습니다.
(CIP제어번호: CIP019011373)